휴대폰 전쟁

Disconnect
Copyright ⓒ Lois Peterson, 2012
All rights reserved.

Korean translation copyright ⓒ 2013 by Prunsoop Publishing Co., Ltd.
This translation edition is published by arrangement
with Transatlantic Literary Agency Inc. through The Agency.

이 책의 한국어판 저작권은 더에이전시를 통한 저작권자와의 독점 계약으로
(주)도서출판 푸른숲에 있습니다.
저작권법에 의해 한국 내에서 보호를 받는 저작물이므로 무단 전재와 복제를 금합니다.

휴대폰 전쟁

로이스 페터슨 지음 | 고수미 옮김

 차례

문자 메시지 — 7

전학 온 아이 — 12

친구 — 22

단절 — 33

언제나 접속 중 — 45

오래된 우정 — 54

살려 주세요 — 64

응급실 앞 복도 — 75

휴대폰 전쟁 — 83

휴대폰 사용 금지 — 90

아르바이트 종료 — 99

단절 프로젝트 — 107

아빠와 딸 — 113

내 마음이 달라졌어요 — 121

발표 수업 — 128

오, 나의 절친 — 138

 문자 메시지

"내 말, 듣고 있니?"
엄마가 말했다.
나는 휴대폰 자판을 얼른 눌렀다.

　　잊어버릴까 봐 미리 인사해. 댄스 경연 대회에서 꼭 상 타!
　　알았지? ^^

"다리아!"
"알았어요, 알았어!"
나는 마지못해 대답하고는, 전송 버튼을 누르고 휴대폰을 주머니에 넣었다.

"학교 끝나는 대로 바로 갈 거라고 얘기해 놨어. 아이들 돌보는 거 말이야."

"아이들이라니요?"

나는 시리얼을 한입 가득 물고 우물거렸다.

엄마는 잠시 동안 아무 대답이 없었다. 나는 분위기가 싸늘해진 것을 느끼고 고개를 들었다. 엄마가 나를 뚫어지게 쏘아보고 있었다.

"왜요?"

엄마는 이제 내가 마음속까지 읽어 주기를 바라는 건가?

"왜 여러 번 말하게 만드니?"

엄마는 화를 누르며 목소리를 깔았다.

"뭘요?"

나는 시큰둥한 목소리로 다시 물었다. 그러고는 시리얼을 듬뿍 떠서 입에 넣고 와작와작 씹었다.

엄마는 한숨을 내쉬었다.

"지난번에 얘기했잖니? 엄마랑 같이 일하는 신시아 아줌마네 아이들 몇 시간씩 돌보는 거……."

쳇, 저렇게 이를 앙다물고도 말할 수 있는 사람은 이 세상에서 우리 엄마뿐일 거다.

"신시아 아줌마네 집에 아이가 둘 있는데, 베이비시터가 필요하다고 한 거 기억 안 나?"

"전혀요."

이제 열다섯 살인데 나더러 베이비시터를 하라고?

"돈을 모아서 봄방학 때 셀레나와 조시를 만나러 간다고 했잖아."

"쇼핑몰에서 일할 거예요. 옷가게 같은 데요. 그러면 옷도 싸게 살 수 있어요."

"옷가게에서 일하기엔 넌 너무 어려."

그때 휴대폰의 진동음이 다리를 타고 온몸으로 전해졌다. 나는 주머니에서 휴대폰을 꺼내 화면을 확인했다.

문자 메시지 두 개.

"그거 내려놓고 엄마 말부터 들어."

"듣고 있어요."

나는 엄마 말씀을 듣는 둥 마는 둥 하면서 휴대폰 화면에 눈을 고정했다.

하나는 조시가 보낸 문자 메시지였다.

셀레나한테 잘 하라고 문자라도 보내, 꼭! 안 그러면 또 삐칠 거야.

엄마가 내 손에 들려 있는 휴대폰을 손으로 탁 내리쳤다. 휴대폰이 바닥으로 굴러떨어졌다. 나는 휴대폰을 냉큼 집어 들고는 깨진 곳이 없는지 확인했다.
"망가질 뻔했잖아요!"
엄마가 갑자기 얼굴을 내 앞으로 훅 들이밀었다. 그러자 엄마 코에 난 땀구멍이 징그러울 만큼 자세히 보였다.
"내 말 잘 들으라고!"
"제발 진정하세요, 엄마. 네?"
나는 휴대폰 자판을 이리저리 눌러 보면서 고장이 난 건 아닌지 꼼꼼히 살펴보았다.
"됐어, 그만하자. 너하고 무슨 얘길 더 하겠니?"
엄마가 탕 소리가 날 만큼 세게 의자를 식탁 아래로 밀어 넣었다. 그 바람에 시리얼 그릇에 있던 숟가락이 튕겨 나와 쨍그랑 소리를 내며 바닥에 떨어졌다.
"네가 돈을 모으기에는 꽤 괜찮은 방법이라고 생각했는데……. 그래, 그냥 없었던 일로 하자."
"엄마!"

엄마는 매사에 이렇게 예민하게 굴었다. 내가 뭘 어쨌다고!

"이러다 지각하겠다. 거기 쏟은 거나 대충 닦고 가."

엄마는 서둘러 밖으로 나가면서 말했다.

나는 엄마가 다시 돌아올지도 모른다는 생각이 들어서 현관문을 한참 동안 지켜보았다. 이따금 그럴 때가 있었다. 회사에 늦겠다고 하면서 부랴부랴 밖으로 나갔다가, 얼마쯤 뒤에 생각을 가다듬고 집으로 돌아와 한바탕 잔소리를 퍼붓는…….

엄마 발소리가 차츰차츰 멀어졌다. 나는 의자에 편히 기대고는 조시에게 얼른 답장을 보냈다.

> 진작에 문자 날렸지. 셀레나 성격을 누가 몰라? 내가 멀리서나마 응원하고 있다고 전해. 사진은 네가 찍어 줄 거지?

나는 휴대폰을 주머니에 찔러 넣었다.

베이비시터라니! 엄마는 도대체 무슨 생각을 하고 있는 거야? 나더러 코흘리개들을 데리고 책이나 읽어 주고 퍼즐 놀이나 같이하라고?

 전학 온 아이

 교실에 들어가 창가 쪽 자리에 앉았다. 선생님 눈에 잘 띄지 않게 가운데쯤에……. 책과 공책을 꺼내서 책상에 올려놓고 그 위에 휴대폰을 얹어 두었다.
 "여기 앉아도 돼?"
 처음 보는 여자애였다. 니트 모자를 쓰고 있었는데, 분홍색 술이 어깨까지 치렁치렁 늘어져 있었다.
 나는 어깨를 으쓱했다.
 그 애는 초록색 가방을 의자에 내려놓더니, 책상 위에 짐을 잔뜩 꺼내 놓았다.
 "새 학교에 처음 등교하는 날은 정말 떨려."

그 애의 아랫입술에서 은색 고리가 반짝거렸다.

"난 클리오야."

클리오가 내게 손을 내밀었다.

"만나서 반가워."

하지만 내 손은 책상 위에서 꿈쩍도 하지 않았다. 클리오는 내가 자신을 줄곧 무시하고 있다는 걸 눈치채지 못한 모양이었다.

"네 이름은 뭐니?"

"다리아. 말라리아랑 끝소리가 같아."

초등학교 2학년 때, 조시가 내 이름을 듣고 첫 번째로 한 말이었다.

클리오가 볼펜을 꺼냈다.

"난 델타로 이사 온 지 얼마 안 됐어. 여긴 어떤 곳이야?"

나는 클리오를 쳐다보지도 않고 짧게 대답했다.

"지루한 곳."

"네가 여기에서만 쭉 살았다면 그렇게 느낄 수도 있겠다."

"나도 지난달에 이사 왔어."

"그래? 잘됐다. 나랑 같이 시내 구경 다니면 되겠네."

"그럴 생각 없어."

나는 시큰둥하게 대답하고는 휴대폰을 들어 문자 메시지를 차례로 확인했다.

그때 클리오가 뜬금없이 탄성을 질렀다.

"와우, 네 휴대폰 멋지다!"

이게 멋지다고? 출시된 지 일 년도 넘은 구닥다리인데?

셀레나가 당혹스런 문자를 보내왔다. 그래서 찬찬히 곱씹으며 읽고 또 읽었다. 그러는 사이에 교실의 소음이 잦아들었다. 의자 끄는 소리가 연이어 나더니, 어느 순간부터 아이들의 말소리가 뚝 그쳤다. 수업이 시작된 것이었다. 나는 가방을 바닥에 툭 던지듯이 내려놓았다.

어느새 교실에 들어온 젠크스 선생님이 칠판에 뭔가를 휘갈겨 쓰고 나서 몸을 획 돌렸다.

"자, 여기를 보세요."

선생님은 교실 안을 천천히 훑어보았다.

"여러분, 오늘 우리 반에 새 친구가 전학 왔습니다. 클리오 베니스입니다."

"모두 안녕!"

클리오는 자리에서 벌떡 일어나더니, 활짝 웃으면서 손을 흔들었다. 꼭 여왕이라도 되는 것처럼.

뒤쪽에서 낄낄거리며 웃는 소리가 났다. 몇몇 애들은 그까짓 웃음소리에 신경 쓸 필요 없다는 듯 "안녕." 하고 건조한 목소리로 대꾸했다. 하지만 손을 흔들어 반갑게 맞이하는 아이는 아무도 없었다.

나는 짐짓 고개를 숙이고 모른 체했다. 이번에는 확실히 효과가 있었다. 클리오는 수업 시간 내내 나에게 고개 한번 돌리지 않았다.

수업이 끝나자 아이들이 교실에서 우르르 빠져나갔다. 클리오는 내 뒤에 가만히 서 있었다.

잠시 뒤, 클리오가 말을 건넸다.

"그럼, 이건 어때?"

금상을 꼭 받고 말 거야!!! 네가 여기에 있으면 얼마나 좋을까.

나는 셀레나가 보낸 문자 메시지를 읽다가 고개를 슬쩍 들었다.

"뭐가?"

"나랑 같이 거리 구경하는 거."

클리오가 교실 문을 밀고 나가자, 모자에 달린 술이 또 찰랑거렸다.

"나, 집에 곧장 가야 돼."

내 말투가 꼭 유치원생처럼 느껴졌다. 그래서 일부러 덧붙였다.

"오늘부터 알바하기로 했거든."

나도 모르게 불쑥 튀어나온 말이었다.

클리오는 실망스럽다는 표정으로 대꾸했다.

"그렇구나, 알았어."

왠지 기분이 찝찝했다.

"너는 다음 시간에 어디로 가? 나는 수학 상반으로 가야 하는데."

클리오의 목소리가 다시 명랑해졌다. 돌돌 만 시간표로 제 뺨을 가볍게 두드리며 물었다.

"수학 상반 교실은 어디 있어?"

"이층 여자 화장실 옆. 난 반대편으로 가."

나는 휴대폰 화면에서 눈을 떼지 않은 채 아이들을 헤치고 앞으로 나갔다. 클리오가 나를 계속 바라보고 있는 게 느껴졌다. 그래도 뒤돌아보지 않았다.

케이브 카페에 가서 아르바이트 자리를 구할 수 있는지 물어보았다. 그러자 머리카락을 온통 초록색으로 염색한 남자가 시큰둥하게 대답했다.

"중딩은 안 써."

북엔드 서점에서는 신분증을 요구했다. 맥도날드에서는 클리프라는 이름표를 달고 있는 매니저한테 열일곱 살이라고 나이를 불려서 말했다. 그는 지원서를 주면서 출생 증명서를 함께 제출하라고 했다.

가게마다 똑같았다. 물건 정리하는 일도 열일곱 살이 넘어야 할 수 있었다. 나는 일 년하고도 일곱 달이 지나야 열일곱 살이 되었다. 맥도날드에서 받은 서류를 근처에 있는 쓰레기통에 아무렇게나 쑤셔 넣어 버렸다.

이사 오기 전에는 수업이 끝난 뒤에 날마다 조시, 셀레나와 함께 치눅 센터(캘거리에서 제일 큰 쇼핑몰—옮긴이)를 돌아다녔다. 아이스 카푸치노 한 잔을 셋이 나눠 마시면서 갭(미국의 의류 브랜드—옮긴이) 매장의 진열대를 샅샅이 훑었고, 에이치엠브이(HMV, 대형 음반사—옮긴이)에 가서 새로 나온 영화나 음악의 시디를 꼼꼼히 살펴보았다. 그렇다고 우리가 항상 놀기만 한 건 아니었다. 이따금씩은 간식을 먹으면서 숙제를 하기도 했다.
 셋이 같은 중학교에 배정받았을 때, 우리는 한껏 들떠서 행동 강령을 정했다.

> **하나,** 남의 관심을 끌지 않게 행동하라. (눈에 띄지만 않으면 웬만한 건 피할 수 있다.)
>
> **둘,** 무엇을 하든 절대로 방심하지 마라. (이건 물고기랑 비슷하다. 느리게 움직이면 독수리가 쏜살같이 내려와서 물고기를 낚아채 간다.)
>
> **셋,** 언제 어디서든 항상 함께한다. (중학교 생활은 고달프다. 살아남으려면 긴밀히 연결되어 있어야 한다.)

 뜻하지 않게 내가 델타로 이사 온 뒤에도, 이 행동 강령은 유효했다. 세 번째 조항은 특히나 더. 우리 사이에는 천 킬로미터라는 어마어마한 거리의 장벽이 있었지만, 나는 셀레나와 조시와 항상 연락하며 지냈다.
 휴대폰을 확인하자, 그사이에 문자 메시지가 세 개나 와 있었다. 두 개는 셀레나가 공황 상태에 빠져서 보낸 거였다. 막상 무대에 오르려니까 무지무지 긴장된다나. 이젠 제발 그만 좀 하지. 셀레나는 무대에 오를 때마다 항상 그랬다.

나머지 하나는 엄마가 보낸 문자 메시지. 엄마가 보낸 것부터 확인했다.

5시까지 집에 와라, 제발.

엄마에게 답장을 보냈다.

왜요?

그런 다음, 셀레나에게 보낼 문자 메시지를 입력하기 시작했다.

셀레나, 행운을 빌어.

그러디 그만 누군가와 부딪쳤다. 나는 넘어지지 않으려고 옆에 있는 쇼핑 카트를 황급히 붙잡았다. 고개를 들어 보니, 어떤 할머니가 비틀거리며 쇼핑 카트를 잡고 있었다.
"죄송합니다."
"아니야, 내 잘못이야."

할머니의 눈 위에 눈썹 문신이 시커멓게 새겨져 있었다.

"딸아이가 아직 돌아다니면 안 된다고 했는데, 답답해서 바람이나 좀 쐬려고……. 이것도 힘에 부치네."

할머니는 한쪽 다리에 깁스를 하고 있었다.

"괜찮으세요?"

"넘어지진 않았으니까 별일 없을 거야. 휴대폰에 정신이 팔려 있더구나."

할머니가 벤치에 천천히 앉았다.

"친구가 보낸 문자 메시지를 확인하고 있었어요."

"친구랑 만나기로 한 모양이구나?"

"아니에요, 친구들은 캘거리에 있는걸요. 친구가 오늘 밤에 댄스 경연 대회에 나가거든요. 그래서 잘 하라고 문자 메시지를 보내고 있었어요."

할머니가 고개를 끄덕였다.

"우리 손자들도 그렇더구나. 어쩌다 우리 집에 와도 휴대폰에나 정신이 팔려 있고 말은 한마디도 하지 않아."

휴대폰 문자음이 또 울렸다.

"이제 가 봐야겠어요."

"그래, 어서 가 보렴. 만나서 반가웠다."

할머니는 쇼핑 카트를 가까이 잡아당겼다.

"나는 여기 더 앉아 있어야겠다."

세이프웨이(대형 슈퍼마켓—옮긴이) 옆에 있는 문 쪽으로 막 걸어가는데, 저만치에서 클리오가 식료품 봉지를 들고 내게로 다가오고 있었다. 클리오의 소매 끝에 달린 줄무늬 벙어리장갑이 이리저리 흔들거렸다.

클리오가 말했다.

"알바하러 간다더니?"

순간, 내 얼굴이 확 붉어졌다.

"지금 가려고."

"그럼 같이 걷자."

"빨리 가 봐야 해."

나는 횡단보도 앞에 서서 신호가 바뀌길 기다렸다.

클리오는 나에게 왜 이토록 관심을 보이는 걸까? 어쨌거나 내가 반짝반짝 빛나서는 아닐 터였다. 단지 전학생이어서가 아닐까? 여기에 친구가 한 명도 없으니까. 나도 그럴 거라고 생각하는 거겠지.

나에게는 이미 소중한 친구가 있었다. 아주 멀리 떨어져 있긴 하지만.

친구

 결국 엄마의 잔소리를 이기지 못하고, 신시아 아줌마네 집에서 아이들을 돌보기로 했다. 솔직히 말하면, 내 나이에 아르바이트를 할 수 있는 곳이 마땅히 없었다. 어떻게든 캘거리까지 가는 데 필요한 돈을 모아야 했다.
 처음 그 집에 갔을 때, 아이들은 생각보다 얌전하게 앉아 있었다.
 "얘는 에미야."
 신시아 아줌마가 말했다. 빨강색 곱슬머리 여자아이였다.
 "그리고 얘가 케이든."
 아줌마가 귀엽다는 듯 케이든의 머리카락을 마구 헝클어뜨렸다.

"이리 와서 앉으렴. 간식 좀 줄까?"

"고맙습니다, 아줌마."

아줌마는 쿠키와 주스를 가져다주었다.

"누나, 레고 있어?"

케이든이 대뜸 나에게 물었다.

"쟨 만날 레고 생각만 해."

에미가 말했다.

"응, 어릴 때 가지고 놀던 걸 아직 가지고 있어."

내가 케이든에게 대답했다.

케이든이 나를 보며 씩 웃었다.

"내가 만든 우주 정거장 보여 줄까?"

케이든이 의자 아래로 주르륵 미끄러져 내려가더니 자기 방으로 쏜살같이 뛰어갔다.

"언니가 안 보고 싶다고 해도 기어이 보여 주었을 거야."

에미가 눈을 동그랗게 뜨고 말했다.

"레고는 케이든이 무진장 애지중지하는 거거든. 난 딱히 애지중지하는 거 없어."

"에미는 에밀리를 줄여서 부르는 거야?"

내가 물었다.

"에머슨이야."

이번에는 꼬맹이 여자애가 의자에서 벌떡 일어났다.

"에미가 에밀리의 줄임말이기만 한 건 아니라고!"

에미는 허리에 두 손을 얹고 서서 제법 단호히 말했다.

"언니, 아래층에 탁구대 있는데 탁구 칠 줄 알아?"

"오늘은 다리아 언니가 엄마만 잠깐 만나러 온 거야."

아줌마가 말했다.

"엄마를 만난 다음에는?"

에미가 물었다.

"글쎄, 언니한테 물어보렴."

휴대폰을 쥐고 있는 손이 근질근질했다.

이 집에 들어온 뒤로 문자 메시지가 다섯 개나 왔다. 모두 셀레나가 보낸 것이었다. 댄스 경연 대회에서 동상밖에 못 받았다고 무척 속상해하고 있었다. 하지만 지금은 셀레나를 위로하는 것보다 아이들과 놀아 주는 게 먼저였다. 나는 이 일을 꼭 해야만 하니까.

나는 에미에게 애써 친절한 목소리로 말했다.

"잠깐 동안은 칠 수 있어. 아주 잘 하진 못하지만."

"난 잘 해."

에미가 폴짝폴짝 뛰면서 춤을 추듯 아래층으로 내려갔다.

아줌마가 케이든이 남긴 우유를 마셨다.

"화요일, 목요일, 금요일에 와 주면 좋겠어. 네 시부터 일곱 시 반까지. 하루에 세 시간, 일주일에 세 번."

그렇게 하면 하루에 세 시간이 넘는데……. 그건 굳이 계산해 보지 않아도 대번에 알 수 있었다.

"좋아요."

나는 흔쾌히 대답했다. 자세한 얘기는 나중에 다시 해도 되니까.

"제가 학원에서 데려와야 하나요?"

"셔틀을 타고 다니니까 학원까지 데리러 갈 필요는 없어. 셔틀 내리는 데서 아이들을 기다리면 돼."

"네."

"학원에서 돌아오면 아이들한테 간식을 주고, 텔레비전은 한 시간 이상 보게 해선 안 돼. 얘들은 자기들끼리 잘 놀아서 그리 힘들지는 않을 거야."

"좋네요."

"에미는 얌전한 편이야. 하지만 케이든은 잘 지켜봐야 해.

장난꾸러기거든. 그렇게 심한 편은 아니지만. 그럼 화요일, 목요일, 금요일이다. 한 시간에 팔 달러! 어떻니?"

하루에 이십사 달러, 일주일이면 칠십이 달러. 음, 한 달이면 얼마지?

한 달 꼬박 일해 봤자 가게에서 일하는 것만큼 많지는 않겠지? 그래도 캘거리에 갈 수 있는 돈은 모을 수 있을 거야.

"좋아요."

나는 에미와 조금 놀아 주고는 밖으로 나가서 셀레나에게 문자 메시지를 보냈다.

> 셀레나, 기회는 항상 열려 있어. 다음에 더 잘 하면 되지.
> 참, 나 알바 자리 구했어. 베이비시터! 어때?

딱 세 번 만에 아이 돌보는 일에 통달했다. 종이와 크레파스와 가위만 있으면 에미는 몇 시간이고 즐겁게 놀았다. 신시아 아줌마 말씀대로 케이든에게는 손이 좀 더 갔다. 툭하면 "이것 좀 봐." "내가 뭘 만들었는지 볼래?" "나랑 같이 놀자." 하면서 귀찮게 굴었다.

그래도 나는 틈틈이 친구들과 문자 메시지를 주고받았다.

오늘도 역시 조시와 열심히 문자 메시지를 주고받고 있는데, 케이든이 갑자기 몸을 구부려서 휴대폰을 든 내 두 팔 사이로 머리를 쏙 들이밀었다.

케이든은 엄청 귀여워. 돌보기는 에미가 훨씬 쉽고. 조언 좀.

조시한테는 사촌 동생이 수두룩했다.
"다리아 누나."
케이든이 부르는 소리가 들렸다. 하지만 나는 못 들은 척 무시하고 또다시 휴대폰 자판을 부지런히 두드렸다.

남자애들은 다 골칫거리니?

나는 전송 버튼을 누르고 화면을 계속 보면서 조시의 답장을 기다렸다.
"다리아 누나!"
"왜?"
소리가 나는 쪽으로 돌아서다가 하마터면 팔꿈치로 케이든을 칠 뻔했다.

케이든이 주스병을 나에게 내밀었다.
"사과 주스 안 먹을래. 으웩! 이상한 냄새가 나. 맡아 봐."
"사과 주스가 얼마나 맛있는데!"
에미가 빈 주스병을 재활용 통에 집어넣었다.
"으웩, 으웩, 으웩!"
케이든이 자꾸만 떠들어 댔다. 그러고는 입안에 크래커를 쑤셔 넣었다.
"으웩, 으웩, 으웩!"
케이든이 큰 소리로 똑같은 말을 외치면서 부엌에서 뛰어나가 이층으로 올라갔다.
에미가 힐끗 바라보고는 색칠공부 책을 펼쳤다.

어떤 남자애?

조시에게 문자 메시지가 왔다.

어떤 남자애라니? 케이든 말이야! 여기서 내가 누굴 만나겠니?

"다리아, 아까 누가 찾아왔더라."

아르바이트를 마치고 집 안으로 들어서자마자 엄마가 말했다. 엄마는 빨래 바구니를 들고 내 방으로 졸졸 따라왔다.

"그 앤 뜨개질도 한다는구나!"

"누가 뜨개질을 한다는 거예요?"

"클로이 말이야."

"클리오겠죠. 걔가 뜨개질하는 걸 엄마가 어떻게 아세요?"

"예쁜 모자를 쓰고 왔길래 궁금해서 물어봤지."

클리오는 항상 모자를 쓰고 다녔다. 하루도 빼놓지 않고.

"네 휴대폰 번호를 알려 줬어. 저녁 먹고 나서 들르겠대."

나는 휴대폰을 힐끔 보았다. 셀레나한테서 온 문자 메시지뿐이었다.

"숙제해야 되는 거 알잖아요."

"이제 친구 좀 사귈 때도 되지 않았니?"

"엄마, 클리오는 입술에 피어싱을 했어요. 못 보셨어요? 몸에 문신도 했는데……. 아무튼 저는 캘거리에 있는 친구만으로도 충분해요."

솔직히 지금은 셀레나의 댄스 경연 대회 후유증을 참아 내기가 힘들긴 하지만.

엄마가 빨래 바구니에서 옷 무더기를 꺼냈다.
"여기 친구 말이야, 다리아. 하루 종일 문자 메시지로만 얘기하는 친구 말고."
"캘거리에서 여기로 억지로 끌고 오더니, 이제는 친구들이랑 문자 메시지도 하지 말라고요?"
"그런 말이 아니잖니!"
엄마가 내 침대에 걸터앉았다.
"난 그냥 여기서도 친구를 사귀는 게 어떻겠느냐고 말한 것뿐이야."
"엄마 생각엔 클리오가 그럴듯한 후보고요?"
"글쎄, 사실 걔가 좀……."
"이상하죠?"
"좀 특이하긴 하지. 하지만 어디까지나 클리오의 스타일이 아니겠니?"
"전 수학이라면 진절머리가 나는데 갠 수학도 상반이라고요. 저랑 공통점이 하나도 없다니까요."
"좋은 애 같던데."
엄마가 침대에서 일어나 빨래 바구니를 들었다.
"하지만 너한테 억지로 누굴 친구로 사귀라고 할 마음은 조금도 없다."

내 인생에서 빠질 생각도 전혀 없으면서.

목구멍까지 치밀어 오른 말을 꿀꺽 삼켰다. 이윽고 엄마가 방에서 나갔다. 나는 옷장 서랍에 엄마가 두고 간 옷가지들을 쑤셔 넣었다.

그날 저녁 내내, 현관문 두드리는 소리가 날 때마다 바짝 긴장했다. 클리오를 내 방으로 데려와서 할아버지가 만들어 준 화장대를 자랑하고, 지난여름에 조시와 함께 청소년 캠프에 가서 찍은 사진들까지 보여 주는 상상을 해 보았다.

하지만 클리오는 끝내 나타나지 않았다.

잠을 자려고 누웠는데, 꼭 바람맞은 것처럼 약이 올랐다. 어처구니가 없었다. 내가 만약 여기에서 새 친구를 사귄다면(그럴 생각은 없지만) 모자를 직접 털실로 짜서 쓰는 아이는 아닐 거다, 절대로!

다음 날 아침, 복도에서 클리오와 마주쳤다. 나는 당연히 클리오가 멈춰 설 거라 생각했다. 하지만 클리오는 바깥에 있는 누군가에게 손을 흔들면서 인사하느라 내게는 눈길도 주지 않은 채 휙 지나쳐 갔다. 오늘은 챙 가장자리에 주황색 꽃이 달려 있는 분홍색 모자를 쓰고 있었다.

나는 교과서를 가슴에 껴안은 채 한 손에는 휴대폰을, 다른 한 손에는 사과 주스병을 들고 있었다. 얼떨결에 주스를 한 모금 들이마셨다.

케이든 말이 맞았다. 으웩! 구역질이 올라왔다.

나는 껌 딱지가 붙어 있는 창문턱 위에 먹다 남은 주스병을 얹어 놓았다.

그때까지도 클리오는 드루 갤링과 대화를 나누고 있었다.

내가 옆으로 지나가자 한 손을 아주 살짝 흔들었다. 쳇, 수학 상반 애가 체스광을 만났군. 천생연분이야.

어쩌면 클리오가 더 이상 나를 괴롭히지 않을지도 모른다는 생각이 들었다.

 단절

　자리에 앉자마자 페이스북에 접속했다. 별다르게 올라온 글은 없었다. 문자 메시지를 스크롤하면서 아래로 죽 훑었다. 그때 휴대폰 진동음이 울렸다.

　　내가 아끼는 파란색 스웨터, 네가 갖고 있어?

　셀레나였다.

　　파란색 스웨터?

그건 내 옷장에 걸려 있었다.

네가 조시한테서 슬쩍한 회색 치마랑 어울리는 거.

"날마다 누구랑 그렇게 문자 메시지를 주고받는 거야?"
클리오가 가방을 내려놓으며 말을 건넸다.
"남자 친구야?"
"아니! 전에 다니던 학교의 친구들."

회색 치마?

나는 이렇게 하루 종일 셀레나랑 문자를 주고받을 수도 있었다.
"그거, 중독될 수 있는 거 알지?"
나는 뜨악한 표정으로 클리오를 쳐다보았다.
"이메일, 문자 메시지, 인터넷, 게임, 트위터, 페이스북. 그런 것 모두."
클리오가 덧붙여 말했다.
"다들 이 정도는 해."

나는 문자 메시지를 보내면서 퉁명스레 대꾸했다.

나한테서 슬쩍한 초록색 입어.

"네가 뭘 안다고 그래? 너, 나랑 전화 통화 한 번 한 적 없잖아."
"책 안 봤어? 신문이나 잡지는? 인터넷이나 휴대폰, 게임 중독 얘기로 얼마나 떠들썩한데. 기사도 많고 연구 논문도 나와 있어."

클리오가 모자에 달린 꽃 하나를 손으로 만지작거렸다.
"나는 중독에 대해서 많이 알아봤거든."

이 말에 굳이 대꾸할 필요가 없다고 생각했다. 하지만 끝까지 참지 못하고 이렇게 되물었다.
"그래서?"
"내가 무언가에 중독되있단 얘기는 아니야. 우리 아빠가 알코올 중독이었거든. 술을 끊은 지 구 년이나 됐는데도 아직 낫지 않았어. 얼마나 끔찍한지 넌 상상도 하지 못할 거야. 아무튼 아빠 덕분에 나는 중독에 관해서라면 모르는 게 없어."

클리오가 손가락으로 하나하나 헤아렸다.

"마약, 도박, 술, 초콜릿, 인터넷."

클리오가 자기 손을 가만히 바라보았다.

"이것 말고도 더 많아. 쇼핑, 손 씻기……."

"난 중독이 아니야."

내가 막 입밖으로 말을 내뱉자마자 휴대폰 진동음이 울렸다. 나는 얼굴을 찡그렸다. 클리오가 소리 내어 웃었다.

하필 이럴 때 전화가 올 게 뭐람!

진동음을 애써 무시하면서 클리오에게 말했다.

"휴대폰은 술이나 도박처럼 나쁜 게 아냐. 우리 아빠는 휴대폰이나 컴퓨터 같은 기기가 보급되면서 세상이 훨씬 더 공평해졌다고 했어. 덕분에 우리 모두 똑같은 정보를 동시에 접할 수 있다고."

음성 통화 버튼을 누르려던 찰나에 진동음이 멈춰 버렸다.

"너 때문이야! 전화를 못 받았잖아."

"그건 엘리트주의야."

클리오가 말했다.

"엘리트주의?"

"모든 사람이 정보에 접근할 수 있는 건 아니란 뜻이야. 가난한 사람, 노인, 노숙자 들은……."

그때 영어 선생님이 교실 문을 열고 성큼성큼 안으로 들어왔다. 선생님은 교과서를 펼쳐 놓았지만, 수업 시간 내내 한 번도 보지 않았다. 입으로 시를 읊으면서 끊임없이 우리를 눈으로 훑었다.

도대체 얼마나 많은 시를 외우고 있는 걸까?

곧 교실이 조용해졌다.

나는 휴대폰을 무릎에 놓고 시에 나왔던 단어들을 구글로 검색했다. 나중에 클리오에게 선생님이 읊은 시가 누가 언제 쓴 것인지 알려 주면서 인터넷이 얼마나 유용한지 말해 줄 생각이었다.

"아까 영어 선생님이 낭송하던 시 있지? 내가 인터넷으로 찾아봤는데……."

나는 수업이 끝나고 교문을 나서면서 클리오에게 말했다. 그러고는 휴대폰을 꺼내서 위키백과에 나와 있는 기사를 보여 주었다.

"《정글북》을 쓴 작가의 시더라. 그 책, 읽어 봤어?"

클리오는 내 휴대폰에 눈길도 주지 않았다.

"당연하지. 러디어드 키플링이 쓴 거잖아. 시 제목이 〈만약에)야. 그걸 모르는 바보가 어디 있니?"
 클리오는 갑자기 길 한가운데에 멈춰 서더니 책가방을 내려놓았다. 그리고 머리를 뒤로 젖히자 모자 끝에 달린 보라색 술이 파르르 떨렸다.

> 만약에 모든 이가 흥분하여 너를 탓할 때
> 네가 침착할 수 있다면,
> 만약에 모든 이가 너를 의심할 때
> 너 자신을 믿고 그들의 의심마저 헤아릴 수 있다면……

 클리오가 괴상한 옷차림과 과장된 몸짓으로 시를 외우자 지나가는 사람들의 눈길이 순식간에 그 애에게로 쏟아졌다. 흙 묻은 장화에 안전모를 쓴 남자는 휘파람을 휘휘 불었다. 정장 차림에 운동화를 신고 지나가던 여자는 누군가와 전화 통화를 하다가 고개를 번쩍 들었다.
 "알았어, 알았다고."
 나는 창피한 나머지, 클리오를 뜯어말렸지만 그 아이는 아랑곳하지 않았다.

만약에 군중과 이야기를 나누면서
      자신의 선함을 지킬 수 있다면
      왕과 함께 걸으면서 민중의 마음을 잃지 않을 수 있다면……

나는 셀레나에게 문자 메시지를 보냈다.

   〈만약에〉라는 시 알아?

곧바로 답장이 왔다.

   그게 뭐야? 〈반짝반짝 작은 별〉, 〈노상강도〉는 알아. 이거 테스트야?

나는 〈노상강도〉(영국의 시인이자 작가인 알프레드 노예스의 유명한 산문시—옮긴이)를 정말 좋아했다. 하지만 그 시를 다 외우지는 못했다.

   나중에 얘기하자. 지금 가야 해.

클리오가 시 낭송을 끝내자 셀레나에게 서둘러 문자 메시지를 보냈다.

클리오가 가방을 집어 들고 모자를 꾹 눌러썼다.

"이걸 돌려서 돈이라도 좀 벌 걸 그랬나?"

지나가던 여자 둘이 재미있다는 듯이 웃으며 쳐다보자, 클리오가 어깨를 으쓱하며 말했다.

"입술에 한 고리는 안 아프니?"

내가 물었다.

"이거?"

클리오가 고리를 잡아당기자 입술이 축 늘어지면서 발그레한 입술 안쪽이 보였다.

나는 눈살을 찌푸렸다.

"보기만 해도 아프다."

"난 이게 있다는 사실도 잊어버리고 다녀."

버스 정류장에 있던 아이들이 우리를 빤히 바라보다가, 우리가 지나가자 자기들끼리 수군댔다.

"부모님이 뭐라고 안 그래?"

내가 물었다.

"우리 부모님은 열두 살 때부터 내가 무엇을 하든 간섭하지 않겠다고 하셨어. 대신에 할 것과 하지 말 것을 스스로 정하라고 하셨지."

클리오가 활짝 웃었다.

"그래서 피어싱을 한 거야, 문신도 했고. 물론 둘 다 내가 원해서 한 거지. 이 문신, 내 손으로 직접 한 거다? 나중에 시간 되면 어떻게 하는지 보여 줄게. 작년 크리스마스에는 내 방의 벽을 검게 칠한 다음 그레이트풀 데드(사이키델릭 록과 히피 문화를 대표하는 미국의 록밴드—옮긴이)의 곡을 연주하면서 시간을 보냈어. 친척들이랑 퍽퍽한 빵을 먹으며 할 일 없이 떠드는 것보다 훨씬 낫더라고."

"정말 네 맘대로 다 해도 돼?"

"응, 어느 정도는……. 하지만 절대로 안 되는 것도 있어. 담배 피우는 건 안 돼. 그것 말고도 스프레이 사용 금지, 텔레비전 시청 금지."

"텔레비전 시청 금지? 말도 안 돼!"

우리 집에는 이곳으로 이사 올 때 새로 산 스마트 TV가 거실 벽을 온통 차지하고 있었다.

"안 봐도 상관없어."

클리오가 대수롭지 않다는 듯 말했다.

"컴퓨터에 다운로드해서 볼 수는 있는 거지, 그치? 영화나

뮤직비디오 같은 거……. 적어도 다큐멘터리는 볼 수 있지 않아?"

"우리 집엔 컴퓨터가 아예 없는걸."

"컴퓨터가 없다고?"

얘는 도대체 어느 행성에서 온 애람?

"컴퓨터는 도서관에 가서 하면 돼."

클리오가 활짝 웃었다.

"델타 중학교 도서관에는 컴퓨터가 열네 대나 있어. 예전에 다니던 웨스트뱅크 중학교에는 겨우 세 대뿐이었는데."

"전화기는?"

"물론 있지."

클리오가 씩 웃으면서 손바닥으로 이마를 탁 쳤다.

"이런 바보같이. 너, 휴대폰 말하는 거지? 없어."

이건 담배를 피우지 못하는 것하곤 차원이 다른 문제였다. 휴대폰, 그러니까 스마트폰이나 아이패드 같은 게 아예 없다고? 그러고도 생활을 할 수 있단 말이야?

"그러면 사람들하고 어떻게 연락을 해? 급한 일이 있을 땐? 부모님은 너의 스케줄을 어떻게 확인하셔?"

"있기로 한 곳에 있어야지. 집에 있기로 했으면 집에 있어야 해. 웨스트뱅크에선 친구가 아주 많았어. 하지만 그곳은 아주 작은 동네라서 전화로 대화를 나눌 일이 거의 없었지. 여기서도 크게 다르지 않을걸."

클리오가 다시 활짝 웃었다.

"여기서도 벌써 널 만났잖아, 안 그래?"

"그래도 좀……. 모르겠다. 난 그렇게 모든 것과 단절된 채로 살지는 못할 거 같아."

이쯤에서 클리오에게 친구들과 만든 행동 강령을 말해 주어야 하는 게 아닌지 잠깐 고민이 되었다. 하지만 말하지 않았다. 그건 어디까지나 셀레나와 조시와 나 사이의 일이니까.

"수돗물도 나오지 않는, 시냇가 옆 오두막에서 살던 때로 돌아간 기분이지, 아마."

클리오가 재미있다는 듯 말했다.

딱 《초원의 집》 같겠지!

클리오의 가족 이야기는 무척 흥미로웠다. 할머니는 도예가였고, 할아버지는 베트남 전쟁 때 군대에 끌려가기 싫어 도망을 다녔다나. 그 바람에 두 분은 산에서 '문명의 혜택' 없이 살았다. 클리오 말로는, 텔레비전이나 전화기는커녕 상수도나 전기 시설조차 없었다고 했다. 철저하게 단절된 삶이었다! 모든 것을 직접 키웠다. 그야말로 자급자족이었다. 두 분은 클리오 엄마에게 자신들의 가치관을 고스란히 물려주었다.

클리오네 가족은 로라 잉걸스 와일더(《초원의 집》의 작가로, 1867년에 태어나 1958년에 죽었다.—옮긴이)가 살았을 즈음에 이미 자취를 감춰 버렸음직한 방식으로 살고 있는 셈이었다.

그때, 휴대폰 알람이 울렸다.

"몇 시야?"

나는 화들짝 놀라며 클리오의 팔을 꽉 움켜잡았다.

"왜 그래?"

"알바!"

나는 달리기 시작했다.

"셔틀이 도착하기 전에 가야 해. 있기로 한 곳에 있어야 한다고."

언제나 접속 중

나는 교차로로 뛰어갔다. 도서관을 지나고 공원을 가로질렀다. 교통 신호를 무시한 채 횡단보도를 내달았다. 클리오는 내 옆에 바싹 붙어 있었다.

운전사 한 명이 요란하게 경적을 울리며 차창 밖으로 소리를 질렀다.

"야, 너 미쳤어!"

나는 그 말을 무시하고 더 빨리 달렸다.

에미네 집 앞에 도착했을 때는 숨이 턱까지 차올라 있었다. 노란색 셔틀이 시동을 켠 채 인도 옆에 서 있었다.

케이든과 에미가 차량 안전 교사와 함께 인도에 서서 주위를 두리번거렸다.

"어디 있다가 이제 와? 우리가 얼마나 오래 기다렸는지 알아?"

에미는 큰 도화지를 손에 들고 있었다.

"언니, 빨리 집에 가야 해."

그러고는 둘둘 만 도화지를 내 손에 쥐어 주었다.

"과학 발표 숙제해야 한단 말이야."

차량 안전 교사는 마른 체격에 머리카락이 온통 하얗게 센 여자였다.

"정해진 시간에 와야 하는 거 알잖아."

차량 안전 교사는 손목시계를 내려다보며 신경질적으로 말했다.

"이런 식으로 시간을 안 지키면 다른 아이들이 기다리는 시간이 한없이 길어져."

"죄송합니다."

차량 안전 교사는 셔틀에 오른 뒤, 아이들에게 안전벨트를 다시 매라고 소리쳤다. 그러고는 차 문을 쾅 닫더니 서둘러 운전석 옆으로 가서 앉았다.

"셔틀이 제시간에 도착하지 않는다고, 제이콥 엄마가 전화해서 엄청 뭐라고 했나 봐."

내가 가방 속을 손으로 더듬으며 열쇠를 찾고 있을 때 에미가 옆에서 조잘거렸다.

"맞아. 진짜진짜 많이 그랬어."

케이든도 거들었다.

아이들과 함께 집 안으로 들어가는데, 클리오가 아무렇지도 않게 따라 들어왔다.

"과학 발표는 어떻게 하는지 알아?"

내가 클리오에게 물었다.

클리오는 웃옷을 벗어 옷걸이에 걸었다. 하지만 모자는 벗지 않았다.

"당근이지. 이래 봬도 내가 교내 과학 토론 대회에서 상도 받았는걸."

그래, 넌 클리오니까. 놀랄 일도 아니지, 뭐.

"그것도 세 번이나."

클리오가 나를 따라 부엌으로 들어오면서 덧붙였다.

아이들은 생전 처음 보는 사람이 부엌에 들어와 찬장 문을 열어 보고 냉장고 속을 살피는데도 전혀 신경 쓰지 않았다. 나는 늘 하던 대로 아이들에게 간식을 챙겨 주었다.

간식을 다 먹고 나자, 케이든이 자기도 과학 발표 준비를 하고 싶다고 칭얼댔다. 클리오가 케이든의 관심을 딴 데로 돌리려고 레고에 대해 이것저것 물었다. 케이든은 금세 신이 나서 클리오에게 자기가 레고로 만든 것을 보여 주겠다며 폴짝폴짝 뛰어나갔다.

나는 조시에게 문자 메시지를 보냈다.

> 큰일 날 뻔했어. 알바에 늦었지 뭐야.

조시가 물었다.

> 베이비시터 교육 과정 들었어?
> 응급 처치만.
> 그거랑은 다르잖아.
> 그것도 내 일이야. 알아 둬야지.

하긴 지금은 '내 일'이라고 말하기가 좀 그렇긴 했다. 클리오가 애들을 떠맡고 있으니까.

클리오는 커다란 도화지를 냉장고에 대고 각 모서리에 꽃

모양 자석을 붙여서 고정했다.

"자, 이제 육하원칙에 맞춰서 하나씩 대답하면 돼."

클리오는 도화지에 대문짝만 하게 육하원칙을 휘갈겨 쓰고는 에미에게 말했다.

그만 가 봐야겠다. 엄청난 과학 숙제가 기다리고 있어.

나는 조시에게 문자 메시지를 보냈다.

이제 내 일에 집중해야 했다. 내가 계속 방심하고 있으면, 클리오는 내 아르바이트 비용을 자기와 나누자고 할지도 몰랐다.

웬 과학?

나중에 설명할게. 전화해.

조시에게 마지막 문자 메시지를 보내고 휴대폰을 주머니에 넣었다.

에미는 쿠키를 와작와작 씹으면서 클리오가 하는 설명을 귀 기울여 들었다. 클리오가 에미에게 조근조근 말했다.

"먼저 주제를 정해. 그런 다음 누가, 언제, 어디서, 무엇을, 어떻게, 왜, 이 여섯 가지 질문에 맞춰서 조사를 하는 거야. 그걸 정리한 뒤에 발표하면 끝이야."

머리 위에서 발자국 소리와 장난감 소리가 매우 소란스럽게 들렸다. 케이든이 레고에 흠뻑 빠져 있는 게 틀림없었다.

클리오가 에미에게 육하원칙에 맞춰 조사하는 방법을 한창 설명하고 있을 때, 내 휴대폰이 요란하게 울렸다.

전화를 건 사람은 조시가 아니었다.

"너, 지금 어디 있니?"

엄마였다.

'여보세요?'도 아니고, '오늘 잘 지냈니?'도 아니었다.

"알바하고 있어요. 화요일이잖아요."

"신시아 아줌마가 걱정하더라. 집에 전화했는데 아무도 안 받는다고."

"언제요?"

"네 시 지나서 바로. 아무도 전화를 안 받는다고 안절부절 못했어."

"겨우 몇 분 늦었어요."

"겨우 몇 분이라고?"

엄마 목소리가 한층 높아졌다.

"셔틀이 우리보다 조금 일찍 도착했거든요."

엄마는 괜히 유난을 떨었다.

"우리? 누가 같이 간 거니? 일하는 곳에 다른 사람을 데리고 가도 되는 거야?"

"신시아 아줌마가 안 된다고 한 적 없어요."

"누구랑 같이 있는데?"

"클리오요."

클리오가 자기 이름을 듣고 고개를 번쩍 들었다.

"클리오가 누군데?"

"엄마도 보셨잖아요. 기억 안 나세요? 뜨개질하는 아이요."

클리오가 자기 모자를 톡톡 치면서 씩 웃었다.

"이럴 땐 신시아 아줌마가 저한테 직접 전화해도 되는 거 아니에요?"

내가 퉁명스럽게 물었다.

"신시아 아줌마는 회의가 있다고 했어. 그래서 엄마가 대신 해 본 거야."

그때 케이든이 위층에서 소리를 질렀다.

"엄마, 지금 가 봐야 해요. 집에서 봐요."

"신시아 아줌마한테는 내가 괜찮다고 얘기할게. 너한테 친구가 생긴 것 같아 정말 기쁘구나."

마지막 말을 할 때, 엄마 목소리에 웃음이 묻어 있었다.

나는 인사도 하지 않고 전화를 끊었다. 겨우 이 분 늦었다고 혼내려 할 때는 언제고. 친구가 생겨서 기쁘다고? 완전히 이중인격자야.

"어서 올라가 봐야 하는 거 아니야? 케이든이 널 부르는 것 같은데."

클리오가 물었다.

"조금 지나면 조용해질 거야."

나는 문자 메시지를 확인하면서 느긋하게 말했다.

> 축제에 와 있어. 재즈 & 페스티벌!

셀레나가 아까 보낸 문자 메시지였다.

> 자세한 건 나중에. 나, 지금 일하는 중!

나는 재빨리 문자 메시지를 보냈다.

"언니! 클리오 언니가 깡통으로 전화기를 만들어 준대. 우리 집에 깡통 있어?"

에미가 물었다.

나는 발로 파란 상자를 에미 쪽으로 밀고는 클리오에게 말했다.

"전화기에 중독되기엔 에미가 너무 어리지 않아?"

"바보!"

클리오가 상자를 뒤져 깡통을 찾으면서 눈을 흘겼다.

또다시 내 휴대폰이 울렸다. 클리오가 팔을 뻗어 내 휴대폰을 꽉 움켜잡았다.

클리오는 화면을 힐끗 보고는 나에게 말했다.

"네 친구 같은데, 안 받으면 안 돼? 넌 지금 에미의 과학 발표 준비를 도와줘야 하잖아."

오래된 우정

집에 갈 즈음엔 조시가 보낸 문자 메시지가 하나, 셀레나가 보낸 문자 메시지가 두 개 와 있었다.

나는 셀레나에게 전화를 걸었다. 그 애가 전화를 받자마자 일부러 냉큼 말했다.

"축제, 정말 멋지지?"

"응. 맞아. 그런데 그것 때문에 전화한 건 아니야."

셀레나가 기운 없는 목소리로 대꾸했다.

"어쨌든 신 나겠다. 네가 동상을 받아서 속상한 건 이해하는데……."

셀레나가 망설이는 듯한 말투로 끼어들었다.

"있잖아, 다리아. 여행 말이야. 계획에 차질이 생겼어. 아빠 차는 쓰기가 힘들게 됐어. 그래서 엄마 차를 타야 하는데, 문제는 뒷자리에 세 명밖에 못 탄다는 거야."

"전에도 그렇게 탔잖아, 그것도 여러 번."

"그래, 그런데 퀘벡처럼 멀리까지 간 적은 없잖아."

"그래서?"

셀레나가 침을 꿀꺽 삼키는 소리가 들렸다.

"왜 그래?"

내가 다그쳤다.

"이번이 마지막은 아니잖아. 내년에는 꼭……."

"셀레나, 지금 무슨 소릴 하는 거야?"

셀레나가 폭포처럼 빠르게 말을 쏟아 내었다.

"미안해, 네가 탈 자리가 없어. 이번엔 나랑 저스틴이랑 조시밖에 못 타."

"저스틴?"

나는 베개를 무릎 위로 끌어당겼다.

"저스틴 마커스가 너희랑 같이 간다고?"

"걔네 엄마랑 우리 엄마랑 친한 거 알지? 두 분이서 결정해 버렸어. 나한테 물어보지도 않고."

"저스틴이라고?"

"어쩔 수 없었어. 아까 말했잖아, 뒷자리엔 세 명밖에 못 탄다고. 엄마랑 아빠는 앞에 앉고……."

"너네 엄마 차가 몇 인승인지는 나도 알아. 내가 한두 번 타 봤니?"

우리 셋은 늘 뒷자리에 나란히 앉아서 잡지를 보고, 손톱을 다듬고, 끝말잇기를 했다.

"하루 이틀 계획한 게 아니잖아. 너랑 나랑 조시랑……. 우린 늘 셋이 다녔잖아. 그런데 이제 나 대신 저스틴을 데려가겠다고?"

"그건 아니야! 단지 걔네 엄마가……."

"좋아, 그렇겠지. 네 잘못일 리가 있겠니? 순전히 걔네 엄마 잘못이지, 네 엄마 잘못이고. 그렇지?"

나는 휴대폰을 귀에서 뗀 뒤 팔을 쭉 뻗었다. 숨을 깊이 내쉬고 나서 다시 휴대폰을 귀에 갖다 댔다.

"좋아, 그렇게 해. 괜찮아. 너랑 조시랑 저스틴이랑 잘해 봐. 차라리 잘됐어. 힘들게 번 돈을 방학 때 너희랑 지내면서 홀랑 써 버리는 것보다 열 배는 더 나은 일에 쓸 수 있으니까!"

나는 셀레나가 뭐라고 말하기 전에 통화 종료 버튼을 눌러 버렸다.

　나도 모르게 눈물이 주르르 흘러내렸다. 나는 눈물을 훔치고 힘없이 벽에 기댔다. 셀레나가 다시 전화를 걸든지, 문자를 보내든지 하겠지.

　나는 휴대폰 화면을 빤히 바라보았다. 셀레나의 연락을 기다리면서 내가 아는 욕이란 욕은 다 쏟아 냈다. 하지만 한참이 지나도 화면에는 아무것도 나타나지 않았다. 휴대폰 역시 끝내 울리지 않았다.

　베개에 머리를 묻고, 그 밑에 휴대폰을 쑤셔 넣었다.

　엄마가 저녁을 먹으라고 불렀지만, 아무것도 먹기 싫다고 소리를 질렀다. 잠시 후 엄마가 방문을 두드렸다. 나는 우는 걸 들키지 않으려고 베개에 얼굴을 더 깊이 파묻었다.

　그러다 휴대폰을 꺼내 조시에게 미친 듯이 문자를 보냈다.

　　셀레나, 이 나쁜 ×! 우리의 행동 강령을 그새 잊은 거야?
　　세 번째, 언제 어디서든 항상 함께한다!
　　그 회색 치마 알지? 그거 지금도 나한테 있어.
　　파란색 스웨터랑 완전 잘 어울려.
　　이거 정말 싫다. 전화 줘.

절친은 무슨. 변명해도 소용없어.

그동안 셀레나와 주고받은 문자 메시지를 몽땅 지워 버렸다. 휴대폰 전원을 끄고 방구석으로 내동댕이쳤다. 의자 뒤로 떨어지는 소리가 났지만 괜찮은지 확인하지 않았다.
이불을 머리끝까지 덮어썼다.
엄마와 아빠가 방문을 여러 번 두드렸다. 내가 아무 대답도 하지 않자, 몇 마디 속삭이더니 그냥 가 버렸다.

다음 날 아침, 눈을 뜨자마자 휴대폰을 집어 들었다. 떨리는 마음으로 조심스럽게 전원을 켰다. 하지만 셀레나한테서 온 건 아무것도 없었다. 조시에게서도 마찬가지였다.
학교로 가는 내내, 셀레나와 조시가 머릿속을 떠나지 않았다. 걔네한테 뭐라고 퍼부을지 궁리하고 또 궁리했다. 만약 우리가 다시 연락을 주고받게 된다면 말이다.
점심때까지도 셀레나와 조시에게서는 아무런 연락이 없었다. 심지어 문자 메시지 한 통도 오지 않았다.
"주말에 영화 볼래?"
점심시간이 되자, 내가 클리오에게 물었다.

"친구들이랑 하루 종일 문자 메시지 주고받고, 아이들 돌보는 알바까지 하면서 나랑 보낼 시간이 있어?"

클리오는 또띠야로 만든 샌드위치의 속을 뚫어져라 들여다보면서 시큰둥하게 물었다.

"영화 좋아한댔잖아."

"친구들이랑 여행 가려고 돈 모으는 거 아니었어?"

"안 갈 거야."

"왜?"

그제야 클리오가 고개를 들고 나를 바라보았다.

"조시와 셀레나가 나 대신 잘 알지도 못하는 멍청한 애를 데리고 간대."

나는 비웃음 섞인 목소리로 말했다.

"저스틴, 저스틴 마커스. 걔는 친구라고 할 수도 없어. 합창단에서 셀레나 옆에 그냥 서 있는 애일 뿐이라고."

전에는 그 자리가 내 자리였다고 말하고 싶었다. 그러면 왠지 눈물이 날 것 같아 그만두었다.

"그래서 친구들이랑 다툰 거야?"

"약간. 그런 것 같아."

다시는 셀레나와 이야기하고 싶지 않았다. 조시도 마찬가

지였다. 조시는 저스틴을 빼고 나와 같이 가야 한다고 강력하게 주장할 수도 있었다. 조시는 반드시 그렇게 했어야 했다. 하지만 그러지 않았다.

클리오가 식판 위의 내 감자튀김을 곁눈질했다.

"웨스트뱅크에 로렌이라는 애가 있는데, 나랑 유치원 때부터 친구였어. 우리 가족이 로키 산맥으로 자동차 여행을 갈 때 로렌도 같이 갔어. 나는 걔네 가족이랑 같이 디즈니랜드에 놀러 가기로 하고. 거긴 우리 부모님이 나를 절대로 데려가지 않을 곳이잖아."

"그럼, 디즈니랜드에 한 번도 안 가 봤어?"

클리오는 그게 뭐 대수냐는 듯이 손사래를 쳤다.

"중요한 건 걔네 가족이 막상 디즈니랜드에 가게 됐을 때, 자기네 가족끼리만 가고 싶다고 말했다는 거야. 그때 로렌은 사촌이랑 같이 갔어."

"세상에."

클리오가 모자에 달린 술을 손가락으로 튕겼다.

"돌아올 때쯤엔 둘은 진짜 친해져 있었어. 나는 빠졌지."

클리오가 감자튀김을 집어 들었다.

"너한테 같이 가자고 하지 않은 네 친구들이 멍청한 거야."

"그래도……."

나는 조시와 셀레나를 위해 뭐든 변명을 해 주고 싶었다. 우리의 행동 강령 세 번째는 '언제 어디서나 항상 함께한다.'였다.

근데 내가 왜 그 애들 편을 들어주어야 하지? 이미 다른 애가 내 자리를 떡하니 차지하고 있는데.

클리오가 말했다.

"운동장에서 어린애들이 어울려 노는 거랑 비슷해. 처음 만난 아이들도 쉽게 친해지잖아. 하지만 놀이터를 떠나는 순간, 다시 남이 되는 거지."

클리오가 아무렇지도 않은 듯한 목소리로 말했다.

"우정이란 원래 그런 거야."

클리오가 갑자기 팔을 옆으로 쭉 뻗었다. 마침 그때 지나가던 남학생이 클리오의 팔을 피하려다 우리 옆자리에서 키득거리는 여자애들 머리 위로 식판을 엎을 뻔했다.

"하지만 모두를 위한 사랑은 이 세상에 흘러넘쳐."

클리오가 큰 소리로 덧붙였다.

내 친구들 이야기일까? 아니면 나?

나는 샌드위치에서 어린잎 채소를 골라냈다.

클리오가 깔깔대며 웃었다.

"우리 엄마 아빠가 늘 하시는 말씀이야."

클리오는 내 식판에서 감자튀김을 하나 집어 들었다.

"걔들이 아름다운 퀘벡에서 멋들어진 휴가를 보낼까 봐 속상해할 필요 없어. 너한텐 내가 있잖아!"

나는 탄산음료를 쭉 들이켰다.

"이거 더 먹을래?"

나는 내 식판을 클리오 쪽으로 밀었다.

식당에서 나올 때 클리오가 대뜸 이렇게 물었다.

"에미는 과학 발표 준비 잘 하고 있어?"

"오늘 깡통 전화기 꾸미는 거 도와 달래."

"내가 만든 작품은 웨스트뱅크 중학교 복도에 한 학기 내내 전시돼 있었어."

어련하시겠어.

"그러니까 반 고흐 씨, 같이 가서 도와줄래?"

클리오가 활짝 웃으면서 내 팔에 팔짱을 끼었다.

"물론."

"고마워. 그런데 너네 엄마께 집에 곧장 가지 않는다고 미리 말씀드리지 않아도 돼?"

"맞다."

클리오가 호들갑스럽게 이마를 탁 쳤다.

"엄마가 오늘 직조기 조립하는 거 도와 달라 하셨는데……. 내일은 어때? 집에서 만들기 재료도 챙겨 갈 수 있어."

"좋아."

"참, 아까 영화 보자고 했지? 요즘 어떤 영화를 상영하는지 내가 찾아볼까?"

나는 괜찮은 영화를 다운받아서 우리 집에서 같이 보자고 할 생각이었다. 엄청 크고 화질이 선명한 스마트 TV를 보면 클리오가 어떤 반응을 보일지 궁금했다. 물론 클리오는 그걸 보고서도 여전히 《초원의 집》에나 나올 법한 이야기를 할지도 모르지만.

"좋은 생각이 있어. 오늘 밤에 이야기해 줄게. 우리가 주말에 무엇을 할지……."

"좋아, 꼬맹이들한테 안부 전해 줘. 특히 귀염둥이 케이든한테."

살려 주세요

내 휴대폰은 부엌 식탁에 잔뜩 어질러져 있는 에미의 만들기 재료 밑에 파묻혀 있었다.
"누나, 나랑 우주 정거장 놀이할래?"
케이든이 나에게 물었다. 입가에 우유를 먹고 난 자국이 수염처럼 남아 있었다.
"잠깐만 있다가."
나는 케이든에게 건성으로 대꾸하고는 휴대폰을 얼른 집어 들었다. 요즘 상영 중인 영화를 찾아보려고 영화관 홈페이지에 접속했다. 한편으로는 조시나 셀레나가 전화를 걸지도 모른다는 생각이 들기도 했다.

"알았어, 하지만 금방 와야 해."

케이든은 이렇게 말하고 부엌에서 뛰어나갔다.

에미는 전화기를 만들 종이를 자르느라 여념이 없었다. 가까운 영화관에서 상영하고 있는 영화의 목록을 다 훑어보았을 때, 케이든이 위층에서 나를 불렀다.

"금방 올라갈게."

나는 또다시 건성으로 대답을 하고 나서, 조시와 셀레나가 페이스북에 어떤 글을 올렸는지 검색했다.

케이든은 뭐라고 계속 소리를 질러 대었다. 하지만 내 귀에는 무슨 말인지 하나도 들리지 않았다.

"다리아 언니!"

에미가 나를 부르고는 손가락으로 이층을 가리켰다. 나는 고개를 끄덕이면서 다시 휴대폰으로 눈길을 돌렸다. 에미는 나를 몇 차례인가 곁눈질하더니 계속해서 가위로 종이를 잘랐다.

드디어 문자 메시지가 왔다. 조시였다.

전화해 줘. 지금 당장. 나, 집이야.

전화해, 꼭! 알았지?

"나, 거실에 간다."

나는 기쁜 나머지, 휴대폰에서 눈을 떼지 못한 채 에미에게 말했다.

"케이든이 아까부터 언니를 부르잖아. 못 들었어?"

"금방 올라갈 거야."

나는 거실 쪽으로 발걸음을 옮겼다. 소파에 막 자리를 잡으려는데 머리 위에서 쿵쾅거리는 소리가 들렸다. 케이든은 도대체 지금 뭘 하고 있는 거지? 가구를 이리저리 옮기기라도 하는 건가?

그때 휴대폰이 다시 울렸다. 조시였다! 가슴이 마구 쿵쾅거렸다. 다시는 조시와 얘기를 나누지 않을 줄 알았다. 하지만 클리오가 뭐라고 했더라? 사소한 잘못을 용서할 수 없다면, 우정은 절대로 깊어질 수 없다고 했나?

"안녕."

나는 크게 심호흡을 하고 전화를 받았다. 이렇게 쉽게 마음을 열어 줄 생각은 아니었는데.

조시가 머뭇거리며 말했다.

"다리아, 우리한테 화난 거 알아. 그렇다 해도 우린 여전히 절친이야. 네 탓은 아니야. 솔직히 내 생각은, 그게 아니……."

"네가 내 편을 들어줄 수도 있었잖아."

"그랬지. 맹세해. 모든 게 다 셀레나 엄마 때문이야. 셀레나 엄마가 저스틴 엄마하고 그런 약속을 하실 줄 몰랐어. 우리한테는 아무 말씀도 안 하셨거든."

"그걸 어떻게 믿니?"

"그래, 네 마음 알아. 어쨌든 저스틴 때문에 이번 여행은 엉망이 될 거야. 저스틴이 오만 가지에 알레르기가 있는 거, 너도 알지? 게다가 자기 입으로 2개 국어에 능통하다고 떠들어대고 있어. 퀘벡에 가는 내내 잘난 체만 할 게 뻔해."

위층에서 또 시끄러운 소리가 들렸다. 나는 손으로 한쪽 귀를 막았다.

"꼬망 딸레 부? 불레 부 당세 아베끄 무아?"

내가 서툰 프랑스 어로 말했다.

조시가 깔깔댔다.

"메르시 보꾸. 음, 물론 프랑스 어를 할 줄 아는 사람이 있으면 편할 것도 같아."

"뭐, 그렇겠지."

"그런 뜻이 아니야, 다리아. 네가 같이 못 가서 정말 속상해. 참, 내가 지난주에 멕스에서 산 멋진 셔츠 얘기 안 했지?"

순간, 나와 조시 사이에 가로막혀 있던 수많은 산들이 와르르 무너지는 듯한 기분이 들었다. 우리는 이제 천 킬로미터나 떨어져 있는 게 아니라 마치 같은 방 안에 있는 것처럼 가깝게 느껴졌다.
　소파 팔걸이에 발을 올리고 누워 있는데, 에미가 헐레벌떡 뛰어왔다.
　"저리 가 있어, 에미."
　나는 휴대폰을 가슴에 댔다.
　"금방 끝날 거야."
　그러거나 말거나, 에미가 막무가내로 다가왔다.
　"언니, 얼른 가 봐야 해. 케이든이 다쳤어."
　에미가 내 팔을 잡아끌었다.
　"잠깐만."
　나는 팔을 흔들어 빼려고 했다.
　에미의 작지만 단단한 손가락이 살 속으로 파고들었다.
　에미가 소리를 질렀다.
　"케이든이 다쳤다고! 바닥에 피가 잔뜩 흘러 있어. 내가 아무리 불러도 꿈쩍을 안 해. 언니, 얼른 가 봐!"
　나는 숨이 턱 막혔다. 휴대폰을 내던지고 에미를 따라 황급히 달려갔다. 계단 가운데서 에미를 제치고 케이든 방으로 먼저 뛰어 들어갔다.

아무도 없었다.

"엄마 아빠 방에 있어."

에미가 날카롭게 외쳤다.

케이든은 침대와 화장대 사이에 쓰러져 있었다. 한쪽 팔은 머리 위에 있었고, 다른 쪽 팔은 몸통에 깔려 있었다. 얼굴은 몹시 창백했으며, 두 눈은 꼭 감겨 있었다. 목 주위로 검붉은 피가 흥건하게 고여 있었다.

에미는 케이든 옆에 털썩 주저앉았다.

"케이든, 일어나. 어서 일어나!"

에미가 케이든의 얼굴을 손바닥으로 톡톡 두드렸다. 케이든의 눈꺼풀이 바르르 떨렸지만, 눈을 뜨지는 않았다.

순간, 나도 모르게 소리쳤다.

"건드리지 마."

응급 처치 시간에 뭘 배웠더라? 피가 멈추도록 상처를 누르랬지. 그런데 상처 난 데가 어디지? 다른 지시 사항도 하나하나 떠올랐다. 절대로 환자를 움직이지 말 것!

하지만 케이든을 이대로 계속 둘 수는 없었다. 나는 케이든의 어깨 아래로 조심스레 팔을 넣어서 내 무릎에 뉘었다. 이내 팔이 축축해졌다.

"언니, 케이든 주, 죽었어?"

에미가 울먹이며 더듬거렸다.

"아니야."

하지만 알 수 없는 일이었다. 케이든은 얼굴이 새하얗게 질린 채 꼼짝도 하지 않았다.

"구급차를 불러야 해. 내 휴대폰 가져와."

"엄마가 보고 싶어."

에미가 큰 소리로 울기 시작했다.

"케이든은 죽을 거야, 그치?"

"그딴 소리 집어치워!"

내 목소리에 공포가 어려 있었다.

"911에 전화해야 돼."

케이든은 내 무릎 위에 죽은 듯이 누워 있었다.

"에미."

나는 애써 목소리를 낮췄다. 에미가 겁먹지 않고 내가 시키는 대로 하도록 해야만 했다.

"에미, 언니 말 들어 봐. 네가 911에 전화해야 돼. 정말로 중요한 거야. 그래야 케이든을 살릴 수 있어. 그렇게 못 하겠으면 내 휴대폰을 이리 가져다줘, 지금 당장!"

"알았어."

에미는 덜덜 떨고 있었다. 눈에는 초점이 없었다.

"얼른 일어나. 아래층으로 가서 내 전화기를 가져와."

에미는 화들짝 놀라며 주위를 둘러보았다.

"에머슨!"

내 목소리에 담긴 두려움을 숨길 수 없었다.

에미가 천천히 일어서서 뒤돌아섰다.

"일층으로 가. 그리고 911에 전화해. 집 주소 알지?"

"캐나다 델타 시 레이크뷰 크레슨트 9631번지, 9631······."

에미는 주소를 느릿느릿 읊조렸다.

"에미! 내 전화기 가져와, 당장!"

"여기도 있어."

에미가 창가에 있는 턱자에서 전화기를 집어 들었다.

나는 숨을 깊이 들이마셨다.

"911 눌러. 그 정도는 할 수 있지?"

"걸 스카우트에서 배웠어."

"그래."

나는 침착하게 말하려고 애를 썼지만, 심장이 자꾸만 망치로 내려치는 것마냥 쿵쾅댔다.

"이제 911를 눌러. 여기가 어디인지 말한 다음, 저쪽에서 뭐라고 하는지 들을 수 있게 내 귀에다 전화기를 갖다 대."

에미가 번호를 꾹꾹 눌렀다. 잠깐 동안 전화기를 귀에 대고 있다가 금세 내 귀에 가져다 댔다.

"경찰이나 구급차가 필요한가요?"

"구급차요!"

카페트를 흥건하게 적신 핏자국의 면적이 점점 더 넓어지고 있었다.

"얼른 구급차를 보내 주세요."

나는 에미에게 주소를 말하라고 눈짓을 했다. 에미는 제과점에 가서 땅콩버터 샌드위치를 달라고 하는 것처럼 또박또박하고도 침착하게 말했다. 그것도 두 번이나 되풀이해서. 그런 다음 팔을 뻗어 다시 내 귀에 전화기를 갖다 댔다.

나는 최대한 마음을 가라앉히고 담당자의 질문에 하나하나 대답했다. 모든 것을 두 번씩 말해야 했다. 나는 케이든의 몸을 움직였다고 시인했다. 의식이 없다고도 했다. 하지만 심장박동은 느낄 수 있었다.

"피를 흘렸어요. 아주 많이요."

내 목소리가 떨리고 있었다.

에미는 내 옆에 웅크리고 앉아 있었다. 눈물이 에미의 볼을 타고 줄줄 흘러내렸다. 통통 부은 에미의 눈은 잠시도 내 얼굴을 떠나지 않았다.

"아니요, 어디서 다쳤는지 몰라요."

내가 전화기에 대고 말했다.

담당자가 말했다.

"전화 끊지 말고 그대로 있어요. 그렇게 할 수 있죠? 긴급구조대가 육 분 뒤에 도착할 겁니다."

"빨리요, 제발."

"전화 끊지 말아요. 아이한테 담요를 덮어 줄 수 있어요?"

나는 케이든의 몸이 움직이지 않도록 주의하며 어깨 밑에서 팔을 빼냈다. 그러고는 등 뒤에 있는 침대에서 이불을 끌어당겼다. 케이든의 몸에 이불을 덮어 준 다음 내 어깨에도 걸쳤다. 에미가 내 옆에 바싹 붙었다.

육 분은 아예 오지 않을 것처럼 길고도 길었다.

에미가 내 팔에 붙어서 훌쩍거리는 동안에도 나는 케이든을 꼭 잡고 있었다. 에미를 달래야 했다. 하지만 내 무릎에 누워 있는 케이든과 내 옷을 적시며 주위로 계속 번져 가는 피 말고는 아무것도 생각할 수 없었다.

전화기에서 담당자의 목소리가 흘러나왔다.

"다리아, 구조 대원들이 지금 막 집에 도착했어요. 문이 열려 있나요?"

길에서 사이렌 울리는 소리가 들렸다. 곧 아래층에서 문 두드리는 소리가 났다.

"왔어! 에미, 어서 가서 문 열어."

에미가 방 밖으로 뛰어나갔다.

"계세요?"

현관에서 낯선 남자의 목소리가 들리더니, 다급히 계단을 올라오는 발소리가 이어졌다.

"구급 대원입니다."

"다 괜찮을 거야. 이제 곧 괜찮아질 거야."

나는 케이든에게 계속해서 속삭였다.

괜찮은 것 같았다. 아니, 괜찮아야 했다.

응급실 앞 복도

에미는 병원 대기실에서 잠시도 가만히 있지 못했다. 쉬지 않고 이리저리 돌아다녔다. 그러다 구급 대원 두 명이 케이든이 누워 있는 간이침대를 밀고 나가는 모습을 가만히 지켜보았다.

"이리 와."

니는 담요를 덮었는데도 몸이 계속 떨렸다.

"에미, 나랑 같이 있어."

에미가 내 다리에 몸을 기댔다.

"케이든은 금방 괜찮아질까? 엄마는 어디 있어?"

"금방 오실 거야."

구급 대원들이 차갑고 삭막한 구급차 안에서 신시아 아줌마에게 전화를 걸어 상황을 전했다.

담요 아래에 죽은 듯이 누워 있는 케이든의 몸 위로 번쩍이는 기구가 대롱대롱 매달려 있었고, 케이든의 머리는 거즈로 거의 다 덮여 있었다.

"엄마다!"

에미가 신시아 아줌마의 품으로 뛰어들었다. 그러고는 곧바로 울음을 터트렸다.

"케이든이 다쳤어. 피가 많이 났어."

"괜찮아, 에미."

아줌마가 에미의 등을 손바닥으로 쓸었다.

"같이 가서 케이든 좀 보고 올까?"

내가 같이 가려고 일어서자, 아줌마가 싸늘한 표정으로 말했다.

"넌 여기 있어."

두 사람은 나만 남겨 두고 자동문 사이로 사라졌다.

나는 담요를 뒤집어썼다.

뇌를 다쳤으면 어떡하지? 어쩌다가 피투성이가 되어 누워 있었을까?

이야기를 나눌 사람이 필요했다, 누구라도. 내 정신을 딴 데로 돌려줄 수 있다면 뭐든 해야만 했다.

주위를 둘러보았다. 나도 모르게 주머니를 더듬으며 휴대폰을 찾았다. 그러다가 문득 책가방을 신시아 아줌마 집에 두고 온 일이 생각났다. 내 휴대폰도 거기에 있었다.

나는 낡은 잡지를 집어 들었다. 바로 그때 문이 덜컥 열리더니 찬바람이 휙 불어왔다.

엄마가 뛰어왔다. 나는 벌떡 일어서서 참았던 울음을 터트렸다. 엄마는 나를 꼭 껴안고서 가만히 의자에 앉혔다. 엄마도 내 옆에 나란히 앉았다.

"내가 신시아 아줌마를 태우고 왔어. 길 건너 공원에 주차하느라 늦게 온 거야."

엄마가 내 등을 부드럽게 쓰다듬으며 물었다.

"어떻게 된 건지 얘기해 볼래?"

"모르겠어요."

나는 숨을 깊이 내쉬었다.

"저는 에미랑 같이 아래층에 있었고, 케이든은 이층에서 놀고 있었어요. 케이든이 침대에서 떨어지는 소리를 에미가 들었나 봐요."

순간, 케이든의 창백한 얼굴이 눈앞에 떠올랐다.
"피가 너무 많이 나서……."
"머리를 다치면 종종 그래. 에미는 엄마랑 같이 있니?"
"네, 의사 선생님 만나러 갔어요."
나는 침을 꿀꺽 삼켰다.
"여기서 기다리자, 그럼."

엄마는 내 손을 잡고 있을 뿐 더 이상 아무 말도 하지 않았다. 엄마는 아기를 안고 있는 여자를 멍하니 바라보았다. 나는 그제서야 주위를 둘러보았다.

맞은편에 내 또래 여자애가 껌을 짝짝 씹으면서 잡지를 보고 있었다. 그 옆에선 남자아이 둘이서 빈 휠체어를 사이에 두고 잡기 놀이를 했다.

확성기에서 안내 방송이 계속 흘러나왔다. 의사를 찾는 모양인데 이름을 알아들을 수가 없었다. 누군가에게는 방사선과로 가라고 안내했다. 어떤 사람이 다가와서 간호사에게 입원 수속을 부탁했고, 여기저기서 전화벨이 울렸다.

응급실 문이 수없이 열리고 닫혔다. 발자국 소리와 기침 소리, 간이침대 끄는 소리, 각종 장비가 덜거덕거리는 소리가 응급실에서 흘러나왔다. 멀리서 구급차 소리도 들려왔다.

마치 몇 시간이 흐른 것 같았다.

응급실 문이 열리면서 에미가 종종걸음으로 나왔다.
"안녕하세요, 아줌마? 케이든이 깼어요. 제가 구급차 운전사 아저씨랑 앞에 탔다고 했더니 자기는 왜 그 자리에 안 앉혔냐고 화를 냈어요."
에미는 엄마 옆에 있는 빈 의자에 풀썩 앉았다.
"팔이 빠졌대요. 의사 선생님이 잡아당겨서 제자리에 맞춰 주었어요. 그리고 머리를 꿰맬 거래요. 여기 있어도 케이든이 고래고래 소리 지르는 게 다 들릴걸요."
에미가 앉은 자리에서 폴짝 뛰어내렸다.
"과자 먹고 싶어요."
엄마가 지갑을 뒤져서 동전을 꺼내 주었다.
"자판기에서 뽑아 오렴."
"버튼에 손이 안 닿아요."
"내가 도와줄게."
나는 담요를 걷어 내고 일어섰다. 뭔가 할 일이 있다는 게 차라리 다행스럽게 여겨졌다.
"아줌마랑 같이 가고 싶어요."

에미가 내 눈을 피하며 엄마 손을 잡아당겼다.
"언니 말고."
에미가 자판기에서 뽑아 온 과자를 다 먹고 캔에 든 사과 주스를 다 마셨을 즈음에 신시아 아줌마가 복도로 나왔다.
"이제 의식이 돌아왔어. 많이 아플 텐데 제법 씩씩하게 굴더라고."
아줌마 눈에 눈물이 가득 고였다.
"아직 어린아이인데 너무 많이 꿰맸어."
"얼만큼이나?"
에미가 물었다.
"스물한 바늘."
엄마는 자리에서 일어서서 아줌마를 가만히 껴안았다.
"많이 안 좋아?"
"가벼운 뇌진탕이래. 보기보다 나쁘지는 않은가 봐. 정말 다행이야. 내 침대에서 뛰다가 떨어졌대. 안방 침대에서 뛰면 안 된다고 그렇게 주의를 줬는데도 말이야."
아줌마가 차가운 시선으로 나를 잠시 바라보고는 다시 응급실 쪽으로 눈길을 돌렸다.
"오늘 밤은 여기 있어야 할 것 같아. 집에 가서 이것저것 챙겨 와야 하는데, 부탁 좀 해도 돼?"

"에미는 우리 집에 데려가서 재울게. 다리아가 잘 돌봐 줄 거야. 그렇지, 다리아?"

엄마가 내 손을 잡으며 말했다.

"다리아에게 맡기지 말고, 네가 직접 에미를 돌봐 주면 좋겠어."

아주 잠깐, 긴장감에 싸인 침묵이 흘렀다.

"왜? 무슨 일 있어?"

엄마가 어색한 침묵을 깨고 물었다.

"에미한테 케이든이 왜 안방에 있었는지 물어봤어. 케이든이 침대에서 뛰다가 저 지경이 될 때 다리아는 어디에 있었는지 알아?"

"에미랑 아래층에 있었잖아."

엄마가 이맛살을 찌푸리며 나를 바라보았다.

"그렇지, 다리아?"

나는 아무 말도 할 수 없었다. 바닥에 난 홈에서 눈을 떼지 않았다.

"그때 에미는 부엌에서 혼자 과학 발표 준비를 하고 있었어."

아줌마 목소리가 딱딱하게 굳어 있었다.

"다리아는 거실에 있었고. 친구와 전화 통화를 하면서. 케이든이 계속 불렀는데도 안 갔대. 전화기를 붙들고 있느라 케이든이 떨어지는 소리도 못 들었다지, 아마? 케이든이 정신을 잃고 바닥에 쓰러져 있는 걸 먼저 발견한 것도 에미였어. 다리아가 아니라 여덟 살짜리 어린아이였다고."

엄마와 아줌마, 그리고 에미가 나를 빤히 쳐다보자 얼굴이 순식간에 벌겋게 달아올랐다.

휴대폰 전쟁

집에 오는 내내 숨 막히는 침묵이 계속되었다. 정적 속에서 온갖 소리가 귓전을 파고들었다. 엄마의 숨소리, 자동차 바퀴 소리, 차창 틈새로 쉬익쉬익 불어 들어오는 바람 소리…….

엄마에게 뭐라고 말해야 할지 알 수가 없었다. 엄마가 나에게 먼저 말을 걸어 주길 바랐다. 한편으로는 엄마가 무슨 말을 할지 두려웠다.

"안전띠 매."

병원을 나서면서부터 엄마가 한 말이라곤 이것뿐이었다.

집 앞 진입로에 도착하자, 엄마는 손잡이 쪽으로 손을 뻗었다. 하지만 차 문을 여는 대신 몸을 뒤로 기댄 채 눈을 감았다.

"그 애가 죽을 수도 있었어."

"상처가 깊지 않다면서요."

엄마가 매섭게 노려보았다. 나는 겁을 집어먹고 몸을 움츠렸다.

"네 일은 그 애들을 돌보는 거였어. 하지만 넌 너무 바빴어. 뭐하느라? 친구들한테 전화하느라? 문자 메시지를 보내느라? 이메일을 확인하느라?"

엄마 목소리가 말끝마다 올라갔다.

"유튜브에서 쓸데없는 걸 보느라?"

엄마는 다시 눈을 감고 고개를 뒤로 젖혔다.

"겨우 일 분이었어요."

"그 정도 시간이면 사고가 나고도 남아."

나는 뺨을 타고 흐르는 눈물을 손등으로 닦아 냈다.

"제가 잘못했어요. 케이든은 괜찮을 거예요. 의사가 그랬잖아요. 상처가 깊지 않다고."

마음속에서는 닥치고 있으라고 하는데도 입이 자꾸만 쉼 없이 움직였다.

"그런 꼬맹이들이 어떻게 노는지 아시잖아요. 툭하면 손에 들고 있는 물건을 떨어뜨리고, 높은 곳에 올라가 떨어지고."

차창 밖으로 집 안에서 이리저리 왔다 갔다 하는 아빠 모습이 보였다.

"케이든이 안방에 들어간 게 제 잘못은 아니잖아요?"

엄마가 고개를 돌려 나를 노려보았다.

"못 들어가게 했어야지! 신시아 아줌마가 구급 대원한테 전화를 받았을 때 표정이 어땠는지 아니? 하긴 네가 그 마음을 어떻게 알겠니?"

엄마는 차 문을 쾅 닫고 집으로 걸어 들어갔다.

나는 가방을 들고 가려고 뒷자리 쪽으로 몸을 돌렸다. 그제야 가방이 에미네 집에 있다는 게 생각났다. 휴대폰은 거실 바닥에 내팽개쳐진 채 그대로 있을 터였다.

나는 터덜터덜 발소리를 내며 집으로 들어갔다.

나중에 에미를 데리러 다시 병원에 갔을 때, 신시아 아줌마는 나를 거들떠보지도 않았다. 엄마는 집에 돌아오자마자, 에미에게 수프를 먹이고 간이침대에 눕혀 잠을 재웠다.

나도 이불 속에 들어가 쉬고 싶었다. 하지만 혼자 있고 싶지가 않았다. 그래서 아래층에 계속 머무른 채 엄마가 아빠에게 사건의 전말을 이야기하는 걸 고스란히 들었다. 나는 얘기가 끝날 때까지 조용히 입을 다물고 있었다.

엄마는 접시를 옆으로 밀었다. 음식에 거의 손을 대지 않았다. 아빠는 접시에 덜었던 샐러드를 다시 그릇에 부었.

아빠가 엄한 목소리로 말했다.

"앞으로 한 달 동안 휴대폰 압수다."

"말도 안 돼요. 연락할 일이 있을 땐 어쩌라고요?"

나는 먹지도 않을 상추 잎을 포크로 콕콕 찍으며 말했다.

"조시와 셀레나는요? 걔들이랑 연락해야 한단 말이에요. 아빠가 저를 여기로 끌고 오는 바람에 친구라곤 걔네들뿐이라고요."

"클로이랑 친구로 지내는 거 아니었어?"

엄마가 끼어들었다.

"클리오라니까요! 몇 번이나 말해야 아시겠어요?"

나는 화가 나서 식탁을 발로 훅 밀었다. 그 바람에 숟가락과 포크가 공중으로 튀어 올랐다.

아빠가 단호한 표정으로 말했다.

"다리아, 엄마와 아빠는 어떤 일이 있어도 마음을 바꾸지 않을 거다. 이곳 친구들과는 거의 대화를 하지 않고 지내는 것 같더구나."

내가 대꾸를 하려고 입을 달싹거리자 아빠가 내 손을 꽉 잡왔다.

"엄마는 네 걱정을 많이 하고 있어. 나도 그렇고. 우리가 이 문제에 신경을 미처 못 쓴 것 같구나. 이렇게 심각한 지경이 될 때까지."

"무엇에 신경을 못 쓰셨다는 건데요? 지금 무슨 말씀을 하시는 거예요?"

"네가 휴대폰에 지나치게 빠져 있는 거 말이다. 중독 증세를 보이고 있는 거. 네가 우리와 얼굴을 보면서 대화를 나누는 시간이 얼마나 짧은지 알고 있니? 하루 종일 친구한테 문자 메시지를 보내거나 그 망할 놈의 유튜브를 들여다보고 있잖아."

중독이라고? 최근에 어디선가 들은 적이 있는데.

"그게 무슨 말도 안 되는 소리예요?"

아빠가 얼굴을 찡그렸다. 그래서 나는 다시 한 번 더 큰 소리로 말했다.

"말도 안 된다고요. 전 날마다 아빠 엄마랑 대화를 나누어요. 텔레비전도 보고요."

"아니, 그렇지 않아, 다리아. 넌 꼭 휴대폰 세상에서 혼자 사는 것 같아. 그놈의 휴대폰 없이는 아무것도 못 하잖니?"

"아빠가 사 주셨잖아요!"

"중요한 건 그게 아니잖아."

아빠 목소리가 한층 높아졌다. 아빠는 머리카락을 신경질적으로 흩뜨렸다.

"그럼 뭐가 중요한데요?"

"네가 늘 다른 곳에 가 있는 것 같아, 여기가 아니라."

아빠가 손바닥으로 식탁을 탁 쳤다.

"네 주위에 있는 사람들이나 주변에서 일어나는 일에는 관심도 없잖아. 네가 지금 여기서 일어나는 일보다 문자 메시지나 페이스북에 올라온 내용을 더 중요하게 여기는 것 같단 말이야."

"꼭 그렇지는 않아요!"

"꼭 그렇지는 않다고?"

아빠가 자리에서 벌떡 일어섰다.

"넌 아이들과 같은 방에 있지 않았던 것만이 아니야. 넌 그 집에 없었던 거라고."

"그 집에 있었어요!"

"몸은 거기에 있었을지도 모르지."

엄마가 끼어들었다.

"하지만 네 마음은? 케이든이 다칠 때 네 머릿속 어디에도 그 애들은 없었어."

엄마가 몸을 앞으로 내밀었다. 하도 가까이 다가와서 숨소리까지 느껴질 지경이었다.

"너는 그 애들을 도와야 할 때 아주 멀리 떨어져 있었다고."

휴대폰 사용 금지

밤새 잠을 이루지 못하고 이불 속에서 뒤척였다. 방 안이 몹시 더운가 싶다가도 금세 추워지곤 했다. 온갖 소리가 평소보다 더 크게 들렸다. 부모님이 걸어 다니는 소리, 안방 문이 끼익거리는 소리, 냉장고 모터 돌아가는 소리까지.

몇 분에 한 번씩 이불 밖으로 손을 내밀어 주변을 더듬거렸다. 휴대폰이 지금은 내 침대 곁에 있지 않다는 사실을 깜박 잊은 탓이었다. 탁상시계의 초록색 숫자가 영원히 변하지 않을 것처럼 아득하게 느껴졌다.

하룻밤이 한평생처럼 길고도 길었다.

다음 날 아침, 나는 아침을 먹으러 터덜터덜 아래층으로 내려갔다. 시리얼에 설탕을 여섯 숟가락이나 넣었다. 엄마는 아무 말 없이 지켜보기만 했다. 아빠는 짐짓 즐거운 체하며 에미와 대화를 나누었다. 에미는 나에게 인사조차 건네지 않았다.

식탁에서 막 일어나려는데 엄마가 나직이 말했다.

"학교 끝나고 에미네 집에 가서 네 휴대폰 가져와. 그사이에 휴대폰을 쓰진 않겠지?"

엄마는 내 대답을 기다리지 않았다.

"아빠 책상 서랍에 넣어 둬. 셀레나와 조시한테는 휴대폰을 못 쓰게 됐다고 알려 주고, 집전화로……. 이메일이나 페이스북도 못 한다고 말해."

그런 다음, 뒤늦게 또 뭐가 생각이 났는지 이렇게 덧붙였다.

"알려 줘야 할 사람한테는 다."

휴대폰에 이메일까지! 이건 감옥이나 다름없어!

"휴대폰은 못 써도 집전화는 쓸 수 있는 거잖아요, 맞죠? 집에 있는 컴퓨터도요."

"아빠 말씀 못 들었니? 숙제할 때만이야. 노닥거리는 건 안 돼."

나는 일부러 쿵쾅거리며 이층 계단을 올라갔다.

화장실 문을 잠그고 미친 듯이 칫솔질을 했다. 잇몸에서 피가 날 것 같았다. 수건으로 얼굴을 닦은 뒤 로션을 되는 대로 발랐다. 그리고 인사도 하지 않고 집에서 나왔다.

클리오가 내 쪽으로 걸어오고 있었다. 나는 음악실로 얼른 숨어 버렸다.

수학 시간에는 선생님한테 볼펜으로 책상을 탁탁 치지 말라고 계속 지적을 받았다. 스페인 어 시간에는 나도 모르게 자꾸 손이 주머니를 뒤적거렸다. 물론 아무것도 없었다.

마침내 점심시간이 되었다.

클리오가 식당에서 나를 붙들었다.

"오늘 학교 끝나고 같이 가는 거 맞지?"

"어딜?"

"같이 가기로 했잖아, 에미랑 케이든······."

클리오가 나를 빤히 쳐다보았다.

"너, 무슨 일 있어?"

나는 시선을 먼 데로 돌렸다. 눈물을 참으려고 눈을 깜박거렸다.

"괜찮아?"

클리오가 물었다.

나는 주머니에서 휴지를 꺼내 코를 풀었다.

"아무것도 아니야. 알레르기 때문에 그래."

"알레르기?"

나는 축축한 휴지를 손에 꼭 쥐었다.

"이리 와 봐."

클리오가 나를 화장실로 끌고 들어갔다.

"무슨 일인지 얘기해 봐."

"엄마 아빠한테 휴대폰을 압수당했어, 그것도 한 달이나."

"뭔지 몰라도 너네 부모님이 엄청 화가 나셨구나. 정말 안됐다. 이참에 휴대폰을 아예 끊어 버리는 게 어때? 뇌에 아주 나쁘다잖아."

"농담 아니야."

"그래그래, 알았어. 그런데 어차피 봄방학 여행이 틀어지고 난 다음부터 네 절친들이랑도 연락 안 하고 지내잖아."

"화해했어, 사실은. 그런데 지금 그게 문제니?"

나는 클리오를 쏘아보았다.

"알았어, 그러면 휴대폰을 왜 압수당한 거야?"

"아빠가 나더러 휴대폰 중독이래."

클리오가 고개를 끄덕였다.

"네 아빠도 알고 계셨구나."

그래, 이제 생각났다! 중독이란 말을 아빠보다 먼저 내게 내뱉은 사람은 클리오였다. 내가 마약 중독자이기라도 한 것처럼. 아님, 도박으로 용돈을 모두 날려 버리기라도 한 것처럼.

"그게 다야? 한 달 동안 휴대폰을 못 쓰게 됐다고 지금 우는 거냐고……."

클리오는 화장실 벽에 기대고 있다가 스르르 미끄러지더니, 자기 가방 위에 엉덩이를 대고 앉았다. 누가 문을 두드리자, 클리오가 벌떡 일어서며 소리쳤다.

"누구야? 지금 볼일 보고 있는 중인데……."

"누가 뭐래?"

문 너머에서 황당하다는 듯이 대꾸하는 목소리가 들렸다.

"저건 누구야? 혹시 선생님?"

클리오가 숨을 죽이고 물었다.

"휘트니 홀든이야."

나는 문을 열고 화장실에서 나온 다음, 휘트니가 휠체어를 타고 안으로 들어갈 수 있도록 비켜 주었다.

"우리, 저쪽에 가서 커피 마시자."

클리오가 말했다.

"단순히 내가 휴대폰에 빠져 있어서 그런 것만은 아니야."
나는 클리오를 따라 밖으로 걸어 나가면서 말했다.
"그럼 뭐 때문에?"
우리는 학생들을 헤치고 빠르게 걸어서 휴게실로 향했다.
"어제 케이든이 다쳤어."
"어머, 어쩌다? 케이든은 괜찮아?"
클리오가 주머니에서 동전을 한 움큼 꺼냈다.
"스물한 바늘 꿰맸어."
"스물한 바늘이나!"
클리오는 깜짝 놀랐다.
"무슨 일이 있었는데?"
갑자기 피곤함이 몰려왔다.
"커피부터 마시자."

휴게실로 들어가 자리를 잡아 앉았다. 나는 어제 있었던 일을 모두 털어놓았다. 정신을 잃고 쓰러져 있는 케이든을 발견하고, 영원히 오지 않을 것만 같던 구급차를 기다리던 일에 대해……. 병원에서 신시아 아줌마가 우리 엄마에게 에미를 나한테 맡기고 싶지 않다고 말한 것까지.

클리오는 손으로 턱을 괴었다. 내가 말하는 동안, 내 얼굴에서 한 순간도 눈을 떼지 않았다. 나는 케이든이 카펫을 흥건히 적시도록 피를 흘리고, 죽은 듯이 창백했던 것까지 모두 이야기했다.

이야기를 하는 내내, 내 손이 주머니를 들락거리다가 탁자로 돌아오곤 했다. 나는 설탕 봉지를 흔들어서 설탕을 한쪽 끝으로 모았다. 그러고는 또 다른 설탕 봉지를 집어 들고 흔들었다.

흡연자들이 담배를 끊으려고 할 때 이런 느낌이 들까? 불안하고, 초조하고, 멍한 느낌.

"집에서도 숙제할 때만 컴퓨터를 쓸 수 있어. 알바도 잘린 거나 다름없고. 어차피 캘거리에 가지 못하게 됐어."

나는 설탕 봉지를 잘게 찢어 탁자 위에 작은 산처럼 쌓았다.

"다 망쳤어."

탁자에 눈물이 뚝 떨어졌다.

"정말로 큰일 날 뻔했네. 케이든은 곧 괜찮아질 거야. 씩씩한 꼬맹이잖아. 그리고 있잖아!"

클리오가 나를 보며 활짝 웃었다.

"앞으로 우리는 더 많이 놀러 다닐 수 있겠다. 넌 이제 알바도 안 하지, 휴대폰이나 이메일도 안 하지……. 같이 얘기할 사람이 필요할 거 아냐?"

클리오가 손가락으로 자기 가슴을 가리켰다.

"그리고 내가 여기 있잖아!"

클리오가 의자에 등을 기대며 뿌듯한 표정을 지었다.

"그러니까…… 나는 어떤 느낌이냐 하면……."

나는 대답할 말을 찾아 더듬거렸다.

"그냥 낯선 곳을 떠도는 느낌이야. 이 세상에서 튕겨져 나와 있는 것같이. 내 주위의 모든 것과 동떨어져 있는 듯해."

클리오의 표정을 보니, 내가 하는 말을 전혀 이해하지 못하는 것 같았다.

갑자기 휴게실이 너무나 덥게 느껴졌다. 그릇이 달그락거리는 소리, 크게 떠드는 소리, 전화벨이 울리는 소리……. 내 주위의 모든 소리가 귓속으로 시끄럽게 파고들었다.

마치 덫에 걸린 것 같았다. 어딘가 밀폐된 곳에 갇힌 것처럼 숨이 가빴다.

"여기서 나갈래."

단숨에 커피를 마시고 종이컵을 구겼다.

"집에 가고 싶어."

클리오가 벽에 걸린 시계를 쳐다보았다.

"나랑 사회 숙제하는 거 어때? 스트라이커 선생님이 오늘 숙제를 왕창 내주셨잖아."

"사회 수업 같은 거 관심 없어. 누가 그따위 숙제에 신경이나 쓴대?"

나는 종이컵을 쓰레기통에 던져 버리면서 말했다.

그리고 휴게실에서 나오자마자 무작정 앞으로 내달렸다.

 아르바이트 종료

집에 도착해서야 에미네 집에 들러 내 물건을 챙겨 왔어야 한다는 걸 깨달았다.

나는 일층 서재로 갔다. 아빠의 오래된 컴퓨터가 켜지길 기다리면서 웃옷을 벗었다. 셀레나가 이메일을 아홉 통이나 보냈다. 조시는 네 통.

둘 다 페이스북에도 진한 글씨체로 진심으로 걱정하고 있다는 글을 남겼다.

어디 있는 거야? 대답해, 다리아!

나는 여전히 화가 나 있었다. 특히 셀레나한테. 그런데도 내 손가락은 부지런히 자판을 두드리고 있었다. 그사이에 무슨 일이 있었는지 이메일에다 자세히 쓰기 시작했다. 나는 언제나 셀레나와 조시에게 나한테 일어난 일을 모두 털어놓곤 했다. 한참을 쓰고 나서 다시 읽어 보니, 설득력이 전혀 없어 보였다. 그래서 다 지우고 엄청난 일을 겪어서 힘들었다고 징징대는 말투로 새로 썼다.

나는 다시 쓰고, 지우고, 다시 쓰기를 반복했다.

컴퓨터 화면 모서리에서 시간을 확인했다. 둘은 지금 함께 있겠지?

나는 이메일을 보내지 않고 모두 지워 버렸다. 부엌에 있는 전화기를 들고 이층으로 올라갔다.

침대에 털썩 주저앉은 채 전화번호를 누르면서, 한 손으로는 베갯잇을 매만졌다. 이번이 애들에게 거는 마지막 전화일지도 모른다고 생각하면서.

조시가 전화를 받자마자 휴대폰을 뺏겼다고 얘기했다.

엄마가 퇴근해 집에 오려면 아직 멀었지만 괜스레 목소리를 낮춰 말했다.

조시와 셀레나가 전화기를 주고받으며 번갈아 받았다.

"농담이지?"

"설마 그럴 리가."

"그거 아동 학대 아니니?"

"두 분이 그러시면 안 되지!"

둘이서 번갈아 가며 한참 동안 떠들고 나서야, 엄마 아빠가 왜 내 휴대폰을 빼앗았는지 설명할 수 있는 틈을 주었다.

"내가 조시와 전화 통화를 하고 있을 때, 돌보던 애가 다쳤어. 그래서 어제 다시 전화하지 못했던 거야."

"다리아, 난 우리 엄마한테 화가 나. 이게 다······."

셀레나가 말했다.

"됐어. 그것 때문이 아니야."

정말이지 그건 아무것도 아니었다. 죽은 사람처럼 창백해진 케이든이 미동도 없이, 머리 밑에 피를 흥건하게 흘리고 있던 기억에 비하면······. 하지만 셀레나와 조시에게 피 얘기는 하지 않았다. 병원 얘기도 하지 않았다. 아빠가 나에게 뭐라고 했는지도 말하지 않았다. 전화 통화를 하느라 아이들에게 전혀 신경 쓰지 못하고 그대로 방치해 두었다는 것도.

지금까지 나는 셀레나와 조시에게 뭐든 숨김없이 털어놓았다. 하지만 지금은 달랐다.

나는 침대 옆 탁자에 있는 시계 달린 라디오를 향해 몸을 돌렸다.

"이만 끊을게. 내가 전화하는 거 알면 또 혼내실 거야."

"정말로 한 달 동안 너한테 연락을 못 하는 거야?"

셀레나가 물었다.

"정말 너무하시는 거 아니야?"

조시가 말했다.

"나중에 내가 연락할게."

에미네 집에서 휴대폰을 가지고 오면 전화 한두 통쯤은 어떻게든 할 수 있을지도 몰랐다. 하지만 지금으로선 그럴 것 같지가 않았다.

전화기를 부엌에 가져다 놓고 간식을 집어 들었다. 음료수 캔을 따는 순간, 케이든이 집 안을 돌아다니면서 '으웩! 으웩!' 하고 소리치면서 깔깔대고 웃던 모습이 떠올랐다. 작지만 다부진 몸을 꼭 안고 코로 목을 간질여서 깔깔거리며 웃게 만들던 그때가 그리웠다.

나는 서재로 가서 웃옷을 집어 들고 다시 밖으로 나갔다.

에미가 문을 열어 주었다. 집에서 만든 가짜 전화기를 줄에

매달아 흔들고 있었다.

"엄마!"

에미가 몸을 뒤로 돌려 소리쳤다.

"다리아 언니 왔어!"

에미가 나를 보며 얼굴을 찌푸렸다.

"우리 엄마, 언니한테 진짜 화났어. 다른 언니 찾을 거래."

케이든이 에미 앞으로 나왔다.

"누나, 나 병원에 있다 왔어. 머리를 깎고 스물한 바늘이나 꿰맸어."

케이든이 고개를 돌리자, 머리를 감싼 하얀 붕대가 보였다.

케이든 뒤로 신시아 아줌마가 모습을 드러냈다.

"케이든, 아직 뛰어다니지 말랬잖니?"

아줌마가 케이든의 어깨에 한 손을 얹고 쌀쌀맞은 표정으로 나를 보았다.

"가방 가지러 왔니?"

"네, 휴대폰도요."

"들어와."

아줌마는 내가 지나갈 수 있게 옆으로 비켜섰다.

"피가 너무 많이 나서 죽을 뻔했어."

케이든이 부엌으로 같이 걸어가면서 으스댔다.

"구급 대원 아저씨들이 나를 살려 줬대. 난 자고 있었어. 내가 깨어 있었으면, 에미 누나랑 같이 앞자리에 탈 수 있었을 텐데."

"그 얘기 좀 그만해."

에미가 말했다.

케이든은 에미의 말을 무시하고 계속 종알거렸다.

"정말 많이 꿰맸어. 진짜 아팠어. 그래도 나, 완전 씩씩했어. 그치, 엄마?"

"정말 씩씩했어."

아줌마가 케이든을 보며 웃음을 지었다.

"자, 이제 거실로 가서 에미 누나랑 노는 게 어떻겠니?"

"다리아 누나한테 새 레고 보여 주고 싶단 말이야."

케이든이 투정 어린 목소리로 나에게 말했다.

"누나, 소방차 보여 줄게!"

"케이든, 엄마 말 들어라."

아줌마가 아이들을 부엌에서 내보냈다.

"제 물건만 가져가면 돼요."

아줌마가 내 책가방을 건네주었다.

"휴대폰은 가방에 넣었어."

나는 휴대폰을 찾아서 호주머니에 넣고 싶어 몸이 근질거렸지만 꾹 참고 가방만 감싸 안았다.

"정말로 죄송해요."

"그래."

내가 아주 작은 희망을 품으려던 찰나, 신시아 아줌마가 말을 이었다.

"난 네가 우리 아이들을 잘 돌봐 줄 거라 믿었어."

아줌마는 눈물을 흘리지 않으려고 눈을 자꾸만 깜박였다.

"그 정도로 다친 게 얼마나 다행인지 몰라."

"아이들과 작별 인사를 나누어도 될까요?"

나는 울음이 터질 것만 같아서 얼른 말을 내뱉었다.

"그래, 너도 잘 지내렴, 다리아."

아줌마가 거실로 걸어가는 내 모습을 지켜보고 있는 게 느껴졌다.

"얘들아, 잘 있어. 이제 갈게."

케이든은 바닥에 배를 깔고 누워서 레고 블록을 맞추며 고개도 들지도 않은 채 무심히 말했다.

"안녕!"

에미가 뾰로통한 표정으로 말했다.

"과학 발표 준비 다 했어. 언니 친구한테 보여 주고 싶었는데……."

"다음에."

나는 다리를 휘청거리며 밖으로 나온 다음 뒤도 돌아보지 않고 걸었다.

 단절 프로젝트

다음 날, 수업이 끝나자마자 클리오가 나를 도서관으로 끌고 갔다. 클리오는 컴퓨터 앞에 자리를 잡고 앉았다.

"내가 말했잖아. 중독에도 종류가 많다고."

클리오가 기사를 하나씩 클릭했다.

"봤지? 불쾌감, 조급증, 불안감. 딱 너야."

"난 조급해하지 않아."

내가 톡 쏘아붙였다.

"휴대폰 중독도 다른 중독이랑 아주 비슷하다고 여기 나와 있잖아. 금단 현상도 비슷하대. 일종의 병이야, 진짜로. 너만 그런 것도 아니고."

나는 도서관을 둘러보았다. 안락의자에서 책을 읽고 있는 사람들도 있었고, 책상에 고개를 숙이고 공부를 하는 사람들도 있었다. 하나같이 옆에 휴대폰을 두고 있었다. 그리고 아이패드를 보거나 문자 메시지를 보내는 사람들도 있었다.

"사회 숙제로 훌륭한 주제가 될 것 같지 않아?"

클리오가 물었다.

"선생님께 노숙자에 대해서 조사하겠다고 하지 않았어?"

"그건 선생님이 숙제를 하라고 했을 때 맨 처음 떠오른 생각이었고. 더 좋은 생각 있어?"

"어쨌든 이건 아니야."

내가 필요한 건 엉망진창으로 썩어 버린 내 인생을 치유하는 것뿐이었다.

"노숙자는 뭐가 문젠데?"

"엄청 많아!"

"우리 숙제로 하면 왜 안 되냐고, 이 바보야."

"이것 봐. 또 시작이다. 성미하고는!"

클리오의 모자에 달린 보라색 방울이 달랑거렸다.

"아는 노숙자도 없잖아? 제대로 하려면 실험 대상이 필요하다고. 난 아무것에도 중독되지 않았으니까 통제 집단이 되고,

넌 연구 대상이 되는 거지. 중독된 걸로 볼 수 있으니까."

"왜 하필 나야? 너네 아빠도 중독이라며?"

"난 지금 휴대폰에 대해서 얘기하는 거야, 술이 아니라……. 그러니까 이걸로 할 거야, 말 거야?"

"알았어, 알았다고."

이건 정말 불도저로 밀어붙이는 거나 다름없었다. 내가 어느 쪽인지는 나도 알고 있었다.

"숙제를 시작하기 전에 페이스북을 먼저 확인해야겠다."

"흠, 이게 첫 번째 실험이 되겠네."

내가 커서를 주소창으로 옮기려고 하는 순간, 클리오가 마우스를 낚아챘다.

"그거 이리 줘."

"페이스북을 사용하지 못하게 할 때 어떤 반응을 보이는지 기록해야 돼."

나는 마우스를 다시 빼앗으려고 했다.

클리오가 마우스를 꽉 움켜잡았다.

"금단 현상 1, 조바심!"

"클리오!"

나는 눈을 부릅뜨고 클리오의 손을 꽉 쥐었다.

"이제 폭력을 쓰네? 이것도 기록해 두어야지."

클리오가 마우스를 놓고 가방 쪽으로 손을 뻗었다. 나는 마우스를 재빨리 낚아챘다. 하지만 클리오가 마우스 줄을 확 잡아당겨서 다시 내 손에서 빼앗아 갔다.

"거기, 조용히 좀 해!"

빨간색 머리카락이 사방으로 뻗친 사서 선생님이 주의를 주었다.

"컴퓨터는 한 대에 한 사람씩. 조용히 하지 않으면 둘 다 오늘 하루 종일 인터넷 사용 금지야."

"죄송해요. 제 친구가 지금 금단 현상을 겪고 있거든요. 주의할게요."

클리오가 사서 선생님에게 애원하듯 말했다.

"나에 대해 이렇게 떠벌려 주다니……. 정말이지 눈물나게 고맙네."

사서 선생님이 자리로 돌아간 뒤에 나는 화난 목소리로 비아냥거렸다.

"유머 감각도 없네? 그것도 관찰 일지에 적어야겠다. 이거, 정말 재미있어지는데!"

클리오가 가방을 들고 일어섰다.

"저쪽으로 가서 자리를 잡아 앉자."

나도 막 따라 일어서려는데, 인터넷 화면에서 기사 하나가 눈에 띄었다. 단절 프로젝트?

"클리오, 이것 좀 봐!"

클리오가 다시 컴퓨터 앞에 앉았다. 검색어를 따라 홈페이지로 들어가 보니, 미국에 있는 어느 학교에서 휴대폰과 아이팟, 아이패드 같은 전자 기기의 사용을 한 달 동안 금지했다는 내용이 나왔다.

클리오가 말했다.

"이런 일은 우리 학교에선 절대로 일어나지 않을 거야. 아이들이 가만있지 않을걸."

클리오가 두 눈을 굴렸다.

"금단 현상으로는 너 하나만으로도 충분히 벅차거든."

클리오가 수첩을 펼쳐서 부지런히 메모를 했다.

"앞으로 너에게 일어나는 증상을 관찰 일지에 빠짐없이 쓰도록 해. 휴대폰을 사용하고 싶은 충동이 일 때마다 메모를 하는 거야. 휴대폰을 사용하지 않을 때 생기는 부작용도 적고······."

나는 실험용 생쥐가 된 기분이었다. 어쩌면 클리오가 내 머리에 줄을 하나 매달지도 모른다는 생각이 들었다.

조시, 셀레나와 함께 숙제를 한 적도 많았다. 조시는 먼저 각자가 할 일을 나눈 다음, 그것을 실행하기 위한 일정표를 짰다. 여기까진 제법 그럴싸해 보이지만, 막상 뭔가 진행하려 하면 꼭 무언가 일이 생기곤 했다. 독감에 걸리고, 무용 시험이 있고, 멀리서 손님이 오고……. 결국은 셀레나와 내가 모든 것을 알아서 해야 했다.

그에 비하면 클리오는 타고난 계획자였다. 게다가 시키는 것도 좋아했다. 도서관을 떠날 때 우리는 각자 해야 할 일을 적은 목록을 들고 있었다. 물론 일정표까지.

클리오는 우리의 첫 번째 공동 과제에서 A를 받고 싶다고 말했다. 클리오라면 무슨 일이 있어도 받고야 말 것이다.

 아빠와 딸

"왜 이제야 전화를 하는 거야?"

엄마가 퇴근하기 전에 셀레나와 통화를 하려고 전화기를 가지고 내 방으로 갔다. 셀레나는 전화를 받자마자 따지듯이 물었다.

"지난번에 말했잖아, 전화 못 한다고. 그리고 클리오랑 도서관에서 사회 숙제를 했어."

"클리오가 누군데?"

"그런 애 있어."

"어떤 앤데?"

셀레나의 목소리에 날이 서 있었다.

"괜찮은 애야, 좀 별나긴 하지만."

"별나다니, 어떻게?"

"글쎄, 그냥 좀 달라."

클리오의 모자와 피어싱, 그리고 독특한 집안 분위기에 대해 셀레나에게 시시콜콜 늘어놓고 싶지 않았다. 그렇게 하면 왠지 의리가 없는 것같이 여겨졌다.

"조시도 같이 있어? 바꿔 줘 봐. 언제 또 전화할 수 있을지 모르니까."

"루카랑 스케이트보드 타러 갔어."

"둘이 사귀어?"

"응, 2주나 됐는데! 정말로 소식이 깜깜하구나."

전화기 너머로 누군가가 셀레나에게 서두르라고 외치는 소리가 들렸다.

"다른 소식은 또 없어, 셀레나?"

셀레나는 전화기를 귀에서 떼고 다른 사람과 얘기를 나누고 있었다. 카티아 블루앳. 목소리리만 듣고도 누군지 알 수 있었다.

"셀레나?"

"나중에 얘기하자. 이만 끊을게."

나는 순식간에 먹통이 되어 버린 전화기를 멍하니 바라보았다. 그러다 전화기를 바닥에 내던지고 이불을 머리끝까지 뒤집어썼다. 마침 그때 엄마가 문 안으로 머리를 내밀지 않았다면 그대로 잠이 들었을지도 몰랐다.

"다리아, 별일 없지?"

엄마가 올라오는 소리를 못 들었는데! 나는 다리를 내려서 발로 전화기를 휙 걷어찼다. 전화기가 침대 밑으로 쓱 밀려 들어갔다.

"네."

"학교에서는?"

"아무 일 없었어요."

엄마가 어깨를 으쓱했다. 마치 엄마와 딸 사이에 의무적으로 나눠야 하는 대화를 모두 마쳤다는 듯이.

"이제 엄마는 부엌에 가서 저녁 준비를 하고 있을게."

엄마는 곧 아래층으로 내려갔다. 엄마 발소리가 멀어지자, 나는 침대 밑에서 전화기를 끄집어내어 클리오에게 전화를 걸었다.

"나야, 다리아."

"이러다 내가 너의 후원자가 되는 것 아냐? 알코올 중독자

모임에서처럼. 우리 아빠한테도 후원자가 한 명 있었거든. 지금은 아빠가 다른 사람들을 후원하고 있지만. 술을 마시고 싶은 충동이 들 때마다 후원자에게 전화를 거는 거야. 그러면 그 문제에 대해 대화를 나누면서 술을 마시고 싶은 충동을 이겨 내는 거지. 하긴, 네 경우에는 전화로 도움을 청하는 게 그리 좋은 방법은 아니다, 그치?"

나도 모르게 웃음이 새어 나왔다. 클리오는 별난 구석이 있는 게 분명하지만 언제나 똑똑하고 재미있었다.

"근데 무슨 일이야?"

클리오가 물었다.

"응, 할 얘기가 있어서 아래층 전화기를 몰래 가져왔어. 얼른 통화 끝내고 제자리에 가져다 놔야 해."

"그래서 이렇게 속삭이는 거야?"

클리오가 전화기 너머로 목소리를 죽이며 말했다.

나는 조시와 루카에 대해서 이야기했다. 카티아 블루앳 얘기도. 그동안 셀레나가 상종도 하지 않던 애였는데, 지금은 둘이서 쇼핑몰을 돌아다니고 있었다. 셀레나 엄마의 자동차에 걔가 탈 자리도 마련할 게 분명했다.

"음, 사람들의 마음은 움직이게 마련이잖아, 안 그래? 나도 이사할 때마다 친구들을 남겨 두고 떠나왔어. 남겨 두고 온 친구들과 영원히 친하게 지내긴 힘들어."

"주위에 사랑은 늘 넘쳐난다고 말했잖아?"

"헛소리였어."

클리오가 깔깔거리며 웃었다.

"뭐, 꼭 그런 건 아니지만. 하지만 이제 너한텐 내가 있잖아. 셀레나한테는 저스틴이 있고, 조시한테는 루카가 있어. 다 잘될 거야. 그래서 말인데, 남자애들 중에서 혹시 눈여겨보는 애 있어?"

클리오는 내 얘기를 들어주려고 꽤나 애를 쓰고 있었다. 사실 나도 이제는 셀레나와 조시 이야기를 하는 게 지긋지긋했다. 내 얘기도 그렇고.

"여기서 말이야?"

내가 물었다.

"응, 지금 우리가 다니는 학교에서. 나는 말이야……, 드루 갤링이 잘생긴 것 같아."

"그 체스광?"

나는 소리 내어 웃었다.

"걔 얼굴이 마음에 든다고? 팔뚝은? 어깨나 가슴도?"

나는 여기로 이사 온 뒤로는 누군가를 자세히 살펴본 적이 없었다.

"내가 누굴 좋아하는지는 좀 생각해 봐야겠는데? 엄마가 나를 감시하러 올라오시기 전에 먼저 아래층으로 내려가 봐야겠다."

"그래, 그나저나 기분은 좀 나아졌어? 참, 네가 느끼는 증상을 빠짐없이 기록하는 거 잊으면 안 돼."

"알아, 안다고. 전화 끊자마자 다 적을게."

연구 대상이라니! 다시 생각해 보니, 그것도 꽤 재미있는 일이었다.

엄마가 내 방문을 다시 열었을 때 전화기는 안전하게 내 베개 밑에 있었다.

"아빠 오셨다. 저녁 준비하는 것 좀 도와줄래?"

엄마가 나를 향해 방긋 웃었다. 그 모습을 보자, 며칠 전에 할머니 집에서 조시에게 전화하던 때가 떠올랐다.

할머니가 나를 지켜보다가 이렇게 물었다.

"우리가 함께 음식을 만들던 때가 언제였는지 기억나니?"

그때는 아무 대답도 못 했다.

쇼핑몰에서 마주쳤던 할머니도 생각났다. 손자들이 항상

휴대폰만 본다고 했던……. 아빠가 말한 게 이런 느낌이었을까? 함께 있지만 함께 있지 않은 것 같은 느낌?

"네, 도와드릴게요."

나는 엄마를 따라 아래층으로 내려갔다. 그러고는 들키지 않고 전화기를 제자리에 놓았다. 조금 뒤, 아빠가 전화기를 들고 서재로 들어갔다. 나는 아빠 뒤를 따라가며 물었다.

"아빠 휴대폰 고장났어요?"

"아니야, 휴대폰을 한동안 안 쓰려고. 딸내미의 고통을 함께 느껴 보려고 말이야."

아빠가 이런 생각을 하시다니!

"그건 그렇고, 요즘 어떻니?"

"좋아요."

아빠는 미덥지 않은지 곁눈질로 나를 보았다.

"아빠는 어떠신데요?"

아빠는 얼굴을 찌푸렸다.

"습관이 무섭구나. 뭘 꼭 잃어버린 것 같은 기분이 들어. 호주머니에 자꾸 손을 넣어 더듬거리고."

아빠는 지금도 그러고 있었다.

나도 그 기분을 충분히 알고 있었다.

"클리오랑 휴대폰 중독에 대한 숙제를 하고 있어요. 아빠가 지금 느끼시는 휴대폰 금단 현상을 인터뷰해도 돼요?"

"나를?"

아빠는 고개를 까딱하고는 손을 내밀었다. 그때 부엌에서 엄마가 부르는 소리가 들렸다.

"다리아, 엄마는 언제 도와줄 거니?"

"네, 지금 가요."

아빠와 내가 부엌으로 들어서자 엄마가 물었다.

"둘 다 무슨 일 있어요?"

"아빠랑 저랑 금단 현상을 비교하고 있어요."

아빠가 엄마에게서 감자 깎는 칼을 받아 들며 말했다.

"난 손에 뭘 들고 있으면 기분이 한결 나아지던데. 넌 어떻니, 다리아?"

아빠가 지금 내가 겪고 있는 상황을 충분히 이해하고 있는 것 같아서 기분이 매우 좋았다. 나는 선반에서 식탁에 놓을 접시를 꺼냈다.

"저도 그래요. 혹시 알아요? 이러다 제가 설거지를 하겠다고 자청하게 될지."

뭐, 아닐 수도 있고.

내 마음이 달라졌어요

　그다음 주 내내 클리오와 붙어 다니면서 사회 숙제를 하느라, 셀레나와 조시에게 연락할 시간을 내지 못했다. 물론, 연락할 방법도 없었지만.
　클리오와 자주 밖에서 만나 금단 증상에 대해 의견을 주고받았다. 틈틈이 학교생활이나 영화, 책에 대해서도 이야기를 나누었다. 휴대폰 없이도 그럭저럭 잘 지내고 있었다. 덕분에 휴대폰이 아예 없었던 시절의 사람들이 어떻게 생활했을지도 어느 정도 짐작할 수 있었다.
　그렇다고 휴대폰을 그리워하지 않았다는 뜻은 아니다. 내 손은 여전히 하루에도 수십 번씩 전화기를 찾고 있었으니까.

어느 날 오후, 조시가 우리 집으로 전화를 했다. 엄마는 얼굴을 찌푸린 채 전화기를 나에게 건네주었다.

"조시한테서 전화 왔어. 용건만 간단히, 알지?"

"전화를 왜 안 받는 거야? 문자도 여러 통 남겼단 말이야."

조시가 흐느끼며 말했다.

"나한테 휴대폰이 없잖아. 기억 안 나? 그런데 너, 왜 그래? 괜찮니?"

"아니, 응. 아니, 모르겠어."

조시가 떨리는 소리로 길게 숨을 내뱉었다.

"루카 때문이야. 내가 걔를 많이 좋아하거든. 정말로 많이 좋아해."

"그래서?"

"그렇다고. 너도 남자애들이 어떤지 알지? 걔가 나한테 푹 빠져 있기는 한데……, 스케이트보드를 타거나 친구들이랑 같이 있을 땐 날 거들떠보지도 않아."

"둘이 싸웠어?"

"그런 셈이야."

"그런 셈이라니? 싸웠다는 거야, 안 싸웠다는 거야?"

"걔가 집착하는 여자애는 질색이래. 나는 집착하지 않는데,

난……. 다리아, 잠깐만 기다려! 다른 전화가 왔어."

"조시?"

조시가 다시 전화를 받았다.

"루카야. 당장 나오래. 나중에 전화할게."

나는 전화기만 멍하니 바라보았다. 그러다가 아무 말 없이 엄마에게 전화기를 돌려주고 이층으로 올라갔다.

무슨 일이 있었는지 알고 싶지도 않았다. 남자애들을 이해하는 건 어려웠다. 하물며 조시와 루카를 동시에 이해한다는 건……. 에휴, 차라리 잊어버리자.

계속 연락을 하지 않고 지내도 괜찮을 것 같다!

지난번에 찾아 둔 단절 프로젝트 관련 기사를 다시 읽었다. 미국의 어느 학교가 이 프로젝트에 참여하고 있었다. 선생님들도, 학생들도 모두.

한 대학 교수가 이것과 관련하여 학생들의 생활 방식의 변화에 대해 논문을 발표했다. 학생들의 대화량이 많아졌고, 방과 후에는 도서관에 머물거나 동아리 활동을 하는 데 쓰는 시간이 늘어났다.

다음 날, 나는 그 기사를 학교에 가져가서 클리오에게 보여주었다. 클리오는 정색을 하며 말했다.

"발표할 때 이런 말은 절대로 하지 마, 알았지? 우리 인기도에 쥐약일 거야."

인기도? 클리오가 그런 것에 신경 쓸 줄은 몰랐다.

나는 아빠와 나눈 대화를 기록한 공책을 클리오에게 보여 주었다. 그런데 갑자기 클리오가 내 손을 덥석 잡았다.

"아유, 손톱 좀 봐! 하도 물어뜯어서 피가 나잖아. 금단 현상 목록에 이것도 추가해야겠어."

피가 난다고! 정작 나는 그런 줄도 모르고 있었다.

수업 시간에 우리가 준비하고 있는 과제에 대해 설명하자, 스트라이커 선생님이 전에 적어 둔 메모를 확인하며 내게 물었다.

"너와 클리오는 노숙자에 대해 조사한다고 하지 않았니?"

"저희의 마음이 바뀌었어요."

클리오는 마치 그게 자기 생각이 아니었던 것처럼 '저희'라고 강조해서 말했다.

"아쉽구나, 기대했던 주제인데."

A가 저만치 날아가네, 하고 나는 생각했다.

"그 주제는 저희가 하고 있어요."

교실 저쪽에서 새라가 말했다.

"노숙자를 교실에 초청해도 될까요?"

새라의 짝인 쇼나가 물었다.

선생님은 메모를 보면서 얼굴을 찡그렸다.

"너희 주제는 '첫 번째 직업 찾기'라고 되어 있는데."

새라가 설명했다.

"아빠 회사 뒤쪽의 작은 숲에 데니스라는 남자가 살아요. 아빠는 그 남자한테 필요한 것들을 자주 가져다주세요. 음식을 주기도 하시고, 추워지면 담요도 주시고요. 데니스 아저씨가 교실로 와서 자기 얘기를 들려주겠다고 했어요."

"좋아요, 좋아."

스트라이커 선생님이 한 손을 들고 대답했다.

"새라와 쇼나, 그 문제는 교감 선생님과 상의를 해 봐야겠구나. 자, 더 말할 거 없으면 이제 다음 주제로 넘어갈까요?"

수업을 마치고 나오는데 클리오가 이렇게 말했다.

"우리도 초청 연사가 필요해. 너네 아빠를 초대하는 건 어떨까?"

"우리 아빠를 초대하는 건 싫어."

아빠를 우리 반 애들 앞에 세울 수는 없었다. 나도 모르게 생각하지도 않았던 말을 내뱉고 말았다.

"내가 하면 되잖아."

"무슨 소리야?"

내 입에서 순간적으로 튀어나온 말에 나도 클리오만큼이나 놀랐다.

"보고서를 발표하는 거야, 원래 계획대로. 그런 다음에 어떻게 이 주제를 생각하게 됐는지 앞에 나가서 말하는 거지."

"그건 도입부에 이미 들어가 있는 거잖아."

"그냥 휴대폰을 압수당했다는 것 말고, 왜 그런 일이 일어나게 되었는지 이야기하는 거지."

클리오가 뒤로 한 걸음 물러나더니 나를 뚫어져라 바라보았다.

"그러니까 케이든 얘기를 하겠다고? 너, 진짜로 그렇게 할 수 있어?"

"우리는 사례 연구를 하고 있는 거잖아. 바쁘게 전화를 받다가 차도 쪽으로 걸어가는 사람도 있고, 아이팟으로 음악을 듣다가 뒤에서 오는 트럭 소리를 못 듣는 사람도 있고."

"그들은 우리가 모르는 사람들이잖아. 하지만 우리 반에서 널 모르는 사람은 없어."

"아는 사람이 위험에 처해 있으면 더 효과적이잖아. 애들이 진짜 노숙자에 관심을 가지는 것처럼."

"자칫하다간 다른 아이들이 너를 삐딱한 시선으로 바라볼지도 몰라. 어쩌면 친구를 사귀는 것도 힘들어질 거야."

그러고는 클리오가 의아하다는 듯이 덧붙였다.

"네가 용감한 건지, 멍청한 건지 잘 모르겠다."

발표 수업

 아이들은 새라와 쇼나가 노숙자에 대해 만든 파워포인트 자료를 보는 내내 하품을 해 댔다. 하지만 데니스 아저씨가 발을 질질 끌면서 교실로 들어오자, 모두 집중해서 주의를 기울였다.

 모두들 노숙자를 이렇게 가까이에서는 처음 보았다. 온통 해진 외투를 걸친 데다 바짓단은 몇 번이나 접어 올렸으며, 운동화에는 여기저기 구멍이 나 있었다. 내가 앉은 자리까지도 그 아저씨 몸에서 나는 냄새가 풍겨 왔다.

 두 눈은 충혈되어 있었고, 낯빛이 파리했으며, 머리카락은 감은 지 오래되어 기름에 절어 있었다. 하지만 말투는 꼭 의사

나 대학 교수 같았다. 교육을 잘 받은 사람처럼 풍부한 어휘를 사용했다.

그런 데는 다 그만한 이유가 있었다. 아저씨는 원래 회계사였는데, 병이 나는 바람에 직장을 잃었다고 했다. 그 뒤 술에 빠져 지내자 결국 가족들이 그 곁을 떠나고 말았다.

"따라잡기 힘들겠다."

새라와 쇼나가 데니스 아저씨를 밖으로 안내하는 사이에 클리오가 내 귀에 대고 속삭였다. 클리오는 우리의 발표 자료가 들어 있는 유에스비를 노트북 컴퓨터에 꽂았다.

선생님이 말했다.

"준비됐니? 오늘 발표할 팀이 아직 세 팀 더 남아 있어요."

"준비됐어요."

클리오가 엔터키를 쳤다. 그런데 화면에 아무것도 나타나지 않았다.

"잠깐만요, 이건 될 거예요."

클리오가 다른 자판을 두드렸다. 하지만 아무런 변화가 없었다.

"내가 해 볼게."

내가 도우려고 몸을 기울였다. 하지만 클리오는 팔꿈치로 나를 밀었다.

"아니야, 기다려 봐. 내가 할 수 있어."

클리오는 자판을 이것저것 두드려도 보고, 프로젝터의 초점을 이리저리 움직여도 보았다.

"이상하네, 조금 전에는 됐는데……. 쇼나가 뭘 망가뜨린 게 분명해요."

클리오는 입술을 앙다물었다. 그 바람에 피어싱 한 고리가 튀어나올 것만 같았다. 클리오는 모자를 더 꽉 눌러쓴 다음 한 손으로 발그레해진 얼굴을 문질렀다.

"도대체 뭐가 문제지?"

"내가 해 볼게."

내가 클리오에게 말했다.

"그럼 네가 해 봐. 넌 기계의 달인이니까."

클리오는 쿵쿵거리며 자기 자리로 돌아가 털썩 주저앉았다. 하지만 노트북 컴퓨터는 여전히 작동되지 않았고, 칠판 앞에 펼쳐진 스크린에는 아무것도 나타나지 않았다.

"내가 도와줄까?"

선생님이 다가와 이것저것 만지작거렸다. 그래도 노트북 컴퓨터는 도무지 살아날 기미를 보이지 않았다.

"컴퓨터를 껐다 켜야 해요."

드루가 말했다.

"너 자신부터 먼저 껐다 켜 보시지, 정상적으로 작동되나 안 되나 보게……."

클리오가 모두 다 들을 수 있을 정도로 크게 투덜거렸다.

선생님이 손목시계를 내려다보며 시간을 확인했다.

"이러다 시간 다 가겠어. 아무래도 너희 팀은 내일 하는 게 좋겠다."

"아니에요, 슬라이드를 몇 장 복사해 놓은 게 있어요. 이걸로 발표할게요."

내가 말했다.

"클리오, 앞으로 나와서 다리아와 함께 발표하지 그러니?"

선생님이 물었다.

"괜찮아요. 다리아 혼자서도 잘 할 수 있어요. 어서 시작하지 않고 뭐해?"

나는 말을 더듬거리지 않고 그런대로 또박또박 발표를 했다. 반 아이들 대부분이 귀 기울여 들었다. 물론, 생각 없이 아무 말이나 내뱉는 아이도 있었다.

"클리오, 질의 응답도 다리아와 함께 하지 않을 거니? 이 분

정도 시간을 줄 수 있단다."

내가 발표를 마치고 자료를 챙기는 사이에 선생님이 클리오에게 말했다.

"저 프로젝터를 다시 안 만져도 된다면요."

클리오가 쭈뼛쭈뼛 내 옆에 와서 섰다. 그러자 여기저기서 격려의 박수가 터져 나왔다.

내가 말했다.

"여러분에게 말해야 할 게 한 가지 더 있습니다."

클리오가 옆에 있으니까 말을 하는 데 한결 힘이 났다.

"우리는 여러분에게 사실을 알려 드렸습니다."

굳이 따지자면 우리가 아닌 나였지만, 그런 일로 클리오와 옥신각신하고 싶지 않았다.

"휴대폰 중독의 영향에 대해서 말입니다. 하지만 내가 왜 휴대폰을 한 달이나 압수당했는지 말하지 않았지요. 왜 이 주일이 넘도록 휴대폰과 컴퓨터를 사용하지 못했는지……. 정확하게는 십팔 일이에요. 물론 날짜가 중요하진 않아요."

나는 목소리를 가다듬고 클리오를 흘깃 보았다.

클리오가 미소를 지으며 고개를 끄덕였다.

"나는 얼마 전에 엄마 소개로 어린아이를 잠깐씩 돌보는 아르바이트를 했습니다. 봄방학 때 캘거리에 있는 친구들을 만나러 가기 위해 차비를 모으고 싶었거든요. 그런데 어느 날, 친구랑 통화를 하는 데 정신이 팔려서……."

내 목소리가 떨렸다. 숨을 깊게 들이마셨다가 내쉬었다.

"케이든이라는 꼬마가 침대에서 떨어지는 걸 미처 보지 못했어요. 아이는 곧 정신을 잃었고, 바닥에 깔린 카펫에는 피가 흥건했습니다."

내 목소리가 아주 크게 들렸다.

"그 일로 부모님은 내 휴대폰을 압수했고, 나는 그 집에서 해고됐습니다."

순간, 교실에 무거운 침묵이 흘렀다. 이 상황이 너무 어색하고 부담스러워서 어떻게 벗어나야 할지 고민하고 있을 때, 뒷줄에서 해리슨이 질문을 던졌다.

"그 애는 어떻게 됐어요?"

아이들이 해리슨 쪽으로 고개를 돌렸다가 다시 나를 바라보았다.

"다행히 지금은 괜찮습니다."

나는 뒤통수를 만졌다.

"하지만 머리를 스물한 바늘이나 꿰맸어요."

아이들이 놀라서 헉 하고 숨을 멈추었다. 옆 사람에게 소곤거리는 아이도 있었다.

"이제 그 아이는 정말로 괜찮습니다."

클리오가 재빨리 덧붙였다.

해리슨이 박수를 쳤다. 다른 아이들도 함께 박수를 쳤다.

나는 발표 자료를 책상에 내려놓았다.

"저희는 휴대폰 중독의 영향에 대해서 발표했습니다. 아마도 대부분은 여러분이 이미 알고 있는 내용이었을 겁니다. 수업이 끝나자마자 여러분은 오늘도 문자 메시지를 습관처럼 확인하겠지요? 우리가 휴대폰에 얼마나 얽매여 있었는지 굳이 말하지 않아도 알 것입니다."

그러자 반 아이들이 갑자기 웅성거렸다. 핑계를 대는 아이도 있었고 신경질적으로 웃는 아이도 있었다.

"미국의 어느 학교에서 단절 프로젝트를 진행했습니다."

나는 재빨리 말을 이었다.

"이 학교에서는 한 달 동안 휴대폰과 컴퓨터 같은 전자 기기를 일체 금지했습니다. 선생님들조차 학교에서는 전자 기기를 쓸 수 없었습니다. 우리도 그렇게 하자는 뜻은 아닙니다만, 우리의 발표를 계기로 여러분 스스로 휴대폰 중독에 대해서 한 번쯤 생각해 보기를 바랄 뿐입니다."

발표를 마치고 자리로 돌아가는데, 선생님이 내 팔을 톡톡 치며 말했다.

"잘했어, 얘들아. 단절 프로젝트에 대해서 더 알고 싶구나."

선생님에게 단절 프로젝트에 대한 자료를 건네자 몇몇 아이들이 야유를 보냈다.

선생님이 말했다.

"우리도 사회 시간에 프로젝트로 진행해 볼 수 있을 것 같은데, 여러분 생각은 어때요?"

사방에서 말도 안 된다며 투덜거리는 소리가 터져 나왔다.

"저는 할래요. 나랑 같이 할 사람?"

소란을 뚫고 클리오의 목소리가 들렸다.

여기저기서 웃음이 터졌다. 뒤쪽에서 누군가 큰 소리로 말했다.

"지금 장난해?"

"넌 휴대폰이 없잖아."

드루가 빈정거렸다.

"파워포인트도 만질 줄 모르면서!"

누군가가 비아냥거렸다.

클리오도 지지 않고 대꾸했다.

"못 하는 걸 수도 있고, 안 하는 걸 수도 있어."

그러고는 드루에게 말했다.

"넌 어때, 미스터 체스 챔피언? 너도 해 볼래?"

"내 휴대폰엔 체스 앱이 깔려 있어. 곧 중요한 대회가 있단 말이야."

"알았어. 넌 어때, 해리슨?"

클리오가 물었다.

나는 해리슨이 아주 잘생겼다는 걸 이제야 알아차렸다.

"좋아, 좋아."

드루가 끼어들었다.

"하지만 딱 일주일만이야. 그 이상은 안 돼."

"나도 같이 할게."

해리슨이 휴대폰을 호주머니에서 꺼냈다. 과장된 몸짓으로 휴대폰 전원을 끄고는 가방에 쑥 넣었다.

선생님은 학생들이 한 명씩 프로젝트에 동참하는 걸 말없이 지켜보았다. 몇 명은 자발적으로 동참했지만, 친구들 등쌀에 억지로 낀 애들도 있었다.

그사이에 클리오는 애써 모른 체하는 아이들을 골라냈다.

책상 아래에서 문자 메시지를 보내고 있는 여자애와 눈이 딱 마주쳤다.

"너도 낄 거지, 매디슨?"

모든 아이들이 자기를 주시하고 있는 걸 알아차린 매디슨이 휴대폰을 내려놓으며 말했다.

"알았어, 알았다고."

선생님이 말했다.

"아주 흥미로웠어요. 유익했고요. 나도 이 프로젝트에 동참해서 직접 연구를 해 볼까 합니다. 이 일의 결과가 어떻게 될지 알고 싶어요."

클리오가 나를 향해 몸을 돌리더니 손을 내밀었다. 우리는 조용히 손바닥을 마주쳤다.

클리오가 말했다.

"A는 따 논 당상이야."

 오, 나의 절친

클리오가 틀렸다.

"인상적인 발표."

사회 선생님은 우리에게 A⁻를 주었다. 아빠가 선생님이 써 놓은 의견을 소리 내서 읽었다.

"A를 받을 만했는데."

클리오가 백 번째쯤 말했다.

"파워포인트만 제대로 됐어도 A를 받았을 텐데."

내가 클리오를 힐끗 보며 조심스럽게 말했다.

"그래, 다 내 탓이다!"

클리오가 고개를 젓자 모자에 달린 술이 마구 흔들렸다.

"너희가 휴대폰 중독에 대한 발표를 하면서 컴퓨터에 집착한 것 때문에 감점된 건 아닐까?"

엄마가 물었다.

"그건 중독이랑은 다른 문제 아니에요?"

내가 엄마에게 물었다.

"맞아요, 달라요. 게다가 발표자가 좀 더 잘 했으면 좋았을 거야."

클리오가 그렇게 말하고는 내 얼굴을 보았다.

"너보고 못 했다고 말하는 거 아니야. 하지만 데니스 아저씨는 정말 눈에 띄었어. 그에 비하면 넌 평범했고."

그랬다. 나도 안다고.

몇 주일이 지나는 사이에 나는 정말로 여기에 속해 있었다. 클리오와 많은 시간을 보낸 덕분일까?

"A⁻면 좋은 점수야. 점수는 그렇다 치고, 너희 둘 다 아주 잘한 것 같구나."

아빠가 말했다.

"숙제를 열심히 했으니까 봄방학 때 캘거리에 가는 비용은 엄마 아빠가 보태 줄게."

엄마의 말에 아빠가 고개를 끄덕였다.

나 대신 클리오가 말했다.

"디와 저는 다른 계획이 있어요. 저희 학교 애들이랑요."

봄방학 때 캘거리에 가는 것보다 드루 갤링과 함께 시간을 보내는 편이 훨씬 더 신 나는 일일지도 모른다. 특히 해리슨까지 껴서 넷이라면. 해리슨은 얼굴만 잘생긴 게 아니었다.

"디? 지금 다리아보고 디라고 한 거니?"

아빠가 물었다.

"클리오는 그게 저한테 어울린대요."

"나도 어서 너희 언어에 익숙해져야겠구나."

아빠가 나가다가 중얼거렸다.

"다음엔 뭐지? 피어싱?"

아빠는 서재로 가서 내 휴대폰을 들고 왔다.

"이제 돌려줘도 될 것 같구나. 그동안 네가 자료를 조사하면서 많이 배운 것 같아. 안 그래요?"

아빠가 엄마에게 눈을 찡긋하며 말했다.

나는 휴대폰에 손을 뻗었다. 한 달이 엄청 길게 느껴졌는데, 막상 지내보니 생각보다 힘들지 않았다.

클리오가 나보다 먼저 휴대폰을 집었다.

"내 것보다 좋은데?"

"휴대폰도 없으면서!"

"있어! 나도 영원히 암흑 시대에서 살 수는 없다고 엄마랑 아빠를 설득했어."

클리오가 내 휴대폰을 탁자 위에 내려놓고 자기 가방을 뒤졌다.

"이거 봐!"

클리오가 들고 있는 휴대폰은 오래된 기종이었고, 벽돌처럼 큼지막했다. 마치 1990년대로 돌아간 것 같았다.

"중고야, 네 생각대로."

클리오가 나를 보며 씩 웃었다.

"그래도 이제 아무 때나 통화할 수 있어. 사회 선생님이 막지만 않는다면 말이야."

아빠가 우리를 보며 짓궂게 웃었다.

"이런! 너희는 똑똑하니까 제대로 사용할 거라고 믿는다."

아빠는 내가 몰래 전화기를 쓴 걸 알고 있을까? 그렇다고 해도 아빠가 엄마한테 말한 것 같지는 않았다.

클리오가 자기 휴대폰의 전원을 켰다. 나는 탁자에 놓인 내 휴대폰을 집어 들었다. 항상 들고 있었던 것처럼 손에 쏙 들어왔다. 나도 휴대폰을 켰다.

전화가 열아홉 통, 문자 메시지는 헤아릴 수 없이 많았다. 문자 메시지를 확인하면서 화면을 만지는데 손가락이 근질거렸다.

클리오는 휴대폰 자판을 두드리며 이것저것 검색하느라 정신이 없었다.

엄마와 아빠는 걱정 어린 시선으로 우리 둘을 바라보고 있었다. 나는 휴대폰을 탁자 위에 내려놓았다.

신시아 아줌마한테 제일 먼저 전화를 할 생각이었다. 케이든과 에미를 바꿔 줄지도 몰랐다. 케이든의 머리카락은 잘 자라고 있는지, 에미는 과학 숙제를 잘 끝냈는지 궁금했다.

조시와 셀레나에게는 천천히 전화를 걸어야지.

나는 클리오와 함께 만들어 둔 케이크를 가지러 냉장고로 향했다.

나는 클리오에게 친구들과의 행동 강령에 대해서 얘기했다.

그러자 클리오가 물었다.

"요즘도 그 행동 강령을 지키고 있니?"

요즘 나는 남들 눈에 확 띄는 클리오와 다니고 있는 데다, 아르바이트를 하던 중에 방심하다가 아주 큰 사고를 쳤다. 그리고 조시, 셀레나와는 더 이상 함께하지 못하고 있다. 하지만 그게 뭐 어때서?

　내가 할 수 있는 대답은 큰 소리로 웃는 것뿐이었다.

　클리오는 내가 케이크를 잘라 접시에 담아 건네주는 데도 여전히 휴대폰을 만지작거리고 있었다.

　"클리오, 휴대폰 내려놔. 이따가 내가 어떻게 하는지 전부 가르쳐 줄게. 지금은 일단 먹자."

휴대폰 전쟁

첫판 1쇄 펴낸날 2013년 10월 30일
29쇄 펴낸날 2023년 3월 10일

지은이 로이스 페터슨 **옮긴이** 고수미
발행인 김혜경 **편집인** 김수진
주니어 본부장 박창희
편집 길유진 진원지 강정윤 조승현
디자인 전윤정 김혜은
마케팅 최창호 임선주
경영지원국 안정숙
회계 임옥희 양여진 김주연

펴낸곳 (주)도서출판 푸른숲
출판등록 2003년 12월 17일 제2003-000032호
주소 경기도 파주시 심학산로 10, 우편번호 10881
전화 031) 955-9010 **팩스** 031) 955-9009
홈페이지 www.prunsoop.co.kr **인스타그램** @psoopjr
이메일 psoopjr@prunsoop.co.kr

ⓒ푸른숲주니어, 2013
ISBN 978-89-7184-986-6 44840
     978-89-7184-419-9 (세트)

• 잘못된 책은 구입하신 서점에서 바꾸어 드립니다.
• 본서의 반품 기한은 2028년 3월 31일까지입니다.

334